# 背徳の方程式

MとSの磁力

見沢知廉

獄中作品集

アルファベータ

# 目次

# 本書について

本書は見沢知廉の遺族から、その遺品の整理を託された劇作家高木尋士氏が発見した未発表原稿を出版するものである。

著者が没しており、なおかつ生前に公刊されていない作品なので、当然のことながら、本書は「著者校正」を経ていない。一般論として、出版にあたっては二度から三度の校正をするもので、その過程で著者による推敲がなされる。本書収録の作品は、その工程を経ずに刊行される。

収録作品のオリジナル原稿は獄中で書かれた。原稿は米粒に書くような小さな文字で書かれており、見沢氏の母によって原稿用紙に清書された。それをもとに見沢氏の知人がワードプロセッサに入力した。編集部が入手したのは、そのテキストデータで、それをもとに組版した。そのテキストデータになる前に、見沢氏の校正がなされたかどうか、詳細は不明だ。

編集部としては、疑問をもつ箇所もあったが、著者に問い合わせができないため、「原稿のまま」出版することにした。とくに悩んだのが句読点の位置だったが、他の作品を参照しても、見沢知廉は独特の句読点の打ち方をしているので、そのままにした。変換ミスと思われる明らかな誤字は高木氏と相談のうえ、訂正したが、文章に手を加えることはしていない。「見沢文学研究のために原テキストと参照したいという方には、いつでもお見せする」と高木氏は表明しているので、ご希望の方は、編集部あるいは高木氏に連絡をとっていただきたい。

アルファベータ編集部

# 背徳の方程式——MとSの磁力

# 一

ぼくは冷えている。冷えきっている。ひどく冷えきっているということは、逆になんて爽快なんだろう。

六本木の孤島三河台公園近くの凡庸な喫茶店から、幻のような十字路を視界の中で咀嚼してやる。冷えきった眼には、殷賑な道化が、二次元に見える。

空に、ぼくの好きなSの――加虐的で、いたぶってやろうと虎視眈々な――雲が這い出てきた。うす暗い影を下辺に抱き、もくもくと浮きあがる。大胆な、ねばっこい、貪欲な雲が。

Mの――虐待してくれと、哀願する――雲が、箒で掃いたような、ちりぢりのよろばう綿のような、弱々しい今にも壊してくれと尻を突き出す強姦される女じみた自虐的な奴が、ずんずんとSの雲に呑まれてゆく。

ブルーの尻軽な窓は、半透明で、こちらからは瀟洒な彼岸が見える。が、あちらからはぼくらを眺める権利がない。この関係は、ぼくの心に似ている。

ゲーム卓の上にはアメリカンが二つ飾られ、眼の前にはモモコがじっと外に顔を傾けて据えつけられている。少し足りない。極端に綺麗だが、黙ってカタレプシーでも患っているような固定式の顔と、造ったような規格品じみた笑顔しか用意されてない。その人形的な、とってつけたような笑顔が、表出方法が、精神遅滞を暴露している。

高校を中退してパブで働いている彼女を拾ったのは、その足りなさからだった。そういう女とつきあうことは、眼に針を突き刺すみたいで、ひんやりと気持ちがよかった。

精神遅滞の心理って、どんなものなんだろう。この世は天国かもしれないし、すべては迷路の恐怖かもしれない。世の中に靄がかかっている感じだろうか。近視が盲目に近い眼で雑踏を闊歩するように。ならば、楽しくて、危うい。異物は見えないのだろうか。例えば月が二つに見えたり。ぼくが二人いたり。自分と同じ人間が来るのを見たり。微細なオブジェが簡略化されてビルが箱に、人間が円筒に、家がかまくらのように省略されるとしたら、世の中は楽しい積木のオモチャ箱だ。

二十歳だ、という。初めてその白いマネキンじみた細めの躰を抱いたときは、仮面を抱いているようだった。それはぼくのSの敗北を意味した。その間隙を埋めるために、姦計が必要だった。ぼくは過去をねじり訊いた。あやふやで重複する言葉の断片を考古学的に組み立てると、両親は離婚していて母親がいて、一時教師に犯され囲われていたという。いい、これはいいとぼくはその過去の一点を針でついた。ちくちくちくと血が出るようにやりつくして、ぼくはSに満足し、その女を自分の彼女にしている自らのMにも満足した。

DCブランドがアマンドで待ち合わせをしている。BMWが女を拾っている。その薄い世界には、濃密なぼくのSやMの世界は、ない。それは、平和なのだ。平和。なんておぞましい快楽だろう。一体どんな味を感じてこいつを喰って排便しているのか。

「モモコ」こいつにぴったりだと前に二人で見に行ったゴジラに出た女優に似ているので、本名など忘れて、ぼくは一人勝手にそう呼んでいた。ぼんやりしている。白柄ストッキングを蹴って、

「おい、モモコ」

と、言った。

つまりこの肢体は、モモコという代名詞で呼ばれることで自らの中のM感覚を異常に高め、ますます別人格に変わることができる。

「なあに」

と、モモコは鈍い動作でこちらを向いた。意識した懶惰ではない。これが最大公約数なのだ。

「あそこを、裸で歩けるかよ」

モモコは、アメリカンを啜って、少しぼうっと横を向いた。人造的な美形だ。だからますますぼくのSを刺激する。そのSの剣を慎重に研いでじっと待つ。

「ちょっとねえ……」

「夜ならどうだ」

「人、いるでしょ、ここは」

「じゃあ、午前三時頃ならどうだ」

無理だと弱々しく訴えるモモコの眼にぼくは追いうちの針を突き立てる。

「こうしよう。まっ赤なハイヒールを履いて、上に重厚な黒豹の毛皮を着て歩くんだ。午前三時じゃ、ホワイトカラーも遊び終わった奴らも消える。ホームレス、外人出稼ぎ連中が芥溜めをあさってる頃だ。お前はおれの車から降りてその横を並列して歩くんだ。そして、大十字路で、お前は毛皮の前をはだけ、淫乱な熱い分泌物を全世界にぶちまけるように、赤いハイヒールと色白な全裸、毛細血管、体臭、突起、正直な局部をさらけだしながら行進するんだ。背を伸ばして。むろんお前の両手にはまっ赤なマニキュア、化粧は血の色をした口紅に真紅のラメを配した妖艶なアイメーク、耳には大きな赤いイヤリングでなくちゃいけない。それは王者の凱旋だ。わかるか、お前にそれが」

ぼくは強迫神経症で、指のタップダンスをテーブルの上で披露しながら言い切った。

モモコは、ぽかんとしていた。

いけない……強迫観念が来た。逆にぼくが毛皮を着て男根をさらけだして歩かされている。Mに転化してしまった。ふらふらとした。Mは鋭いが、疲れる。

強迫観念を克服するには現実と対面するのが一番いい。ぼくはモモコの顎を持って、じっとみつめた。人形のように、少し眼を緊張にうるませて、モモコは、なされるがままになった。

——十数秒くらいして、ぼくは強迫観念を払った。MとSにも消えてもらった。それは強迫神経症を消す、いつもの代償だった。こいつのせいでSがMに、MがSに転化する。それは無言の見えざる者の指令であり、するとぼくは降参してすべてに消えてもらうことにしている。

「モモコ」

とぼくは言った。

「何が見える?」

「海」

「そうか海か」

ぼくは着色されたウィンドーの水槽の中を泳ぐ人間をまぶしげに瞼に収めた。黄昏の色彩の中、熱帯魚達はオフィスから出たメダカから、夜の魚類群に変わり始めていた。やんちゃな狂言まわしの黒人が現れる。女に声をかける。即席の恋人ごっこが成立する。何の高揚もない。単純だ、と思う。どうして人々はSやMの深海に脚を踏み入れることを知ろうとしないのか。日本に来るなら、大谷崎の翻訳位読んでみろよ。ウタマロばかりが日本じゃないぜ。

「モモコ、あの黒いのはなんだ」

「ナマズ」

「あっはっは」

ぼくは場所をはばからず哄笑した。洒落で言ったなら、ぼくはその三流の品質にクレームをつけたろう。しかし、このおぼろげな頭脳は、真面目なのだ。美しい、ぱっくりあいた傷口。

「じゃあ、あの白いのは」

「クラゲ」

「そうかあ、海か、海はいいなあ」

Sの雲がついに天空を占領して、雨が沛然と大地を叩きつけ始めた。ぼくは出よう、とうながし、白いワンピースのモモコの華奢な手をひっぱって歩いた。びしょぬれになって六本木の小汚ない駅にたどりついて、濡れそぼって下着が透けたモモコに、そこだけ極彩旋律の案内板の前で、人眼もはばからずディープキスをしてやった。黒人が「Ｏｈ！」と言った。少しねじったような周りの圧迫された空気は、ぼくを満足させるのに充分だった。

ぼくは、うんと雨に喜んでうたれながら、ゆっくりと歩き帰った。

二

六本木も、十字路のメインストリートをちょっとひねくれて小径に忍び入ってみると、豁然と、とんでもない適応不能症の絵物語が眼に飛び込んで来たりする。朽ち果てた終末の道を徘徊する杖をついた老人が漂っていそうな、本郷あたりの木造家屋風の。その上に御丁寧に、玄関のすぐ前にはアロエや鈴蘭の栽培花が用意されていたりする。

三丁目あたりをちょいと入ったところに、ぼくの家がある。そんな特別に切り取られた空間の中の、異次元的な巨軀を誇る家屋——高い大谷石の塀、閑静を刻印させたどっしりとした二階屋と、鬱蒼たる樹木。

一家は、両親と姉、ぼく。彼らは六本木原住民を気取っている。レイヤードヘアの姉、貴子は、モーニングシャワー後の、肩の凝らない麻のジャケットで特注品の籐椅子にその百七十センチのみやびやかな姿勢を思いきり投げて、性格そのままにあからさまに容赦のないシャープカットの爪で髪にウォーターグリースをまぶして、無国籍の莨を吸って、ふう、と紫煙を泳がせ、眼前に鎮座するぼくに、かん高い声の戦闘機を離陸させる。

「まあ、やっぱ、レキシントン・クィーンじゃない。モノトーンがいいじゃん。チェックもあるし。キング&クィーンもちょっといいけどね、金色がまとわりつくみたいでしつこいわ。しつこいの、嫌だわ。サウンドもミーハーだし。マハラジャは有名になり過ぎてね、それにあのVIPルームの金ピカの葉っぱ何よ、だからあそこ坐って金色になってんの、売れない芸人やヤッちゃんばかりなんだわ。ダンスフロアの丸いチカチカが下品だわ」

レキシントン・クィーンは、六本木交差点から飯倉片町交差点に向かう外苑東通りの左手を少し入った後藤ビルにある。

ぼくは、想起を攪拌してみて、何の脈絡もなく、近くのディスコの名を唇から漂わせてみせる。ただ、眼のすぐ前に見える赤い舌の上に評論家の刻印を押して、勝手に乱れ射ちの機銃を暴発させてみたいと、ふと思ったのだ。

「ヴィエッティ？　天井の甘い魂胆がどっか当たり前で洗練されてないのよ。本当のイタリアをわかってないわ。ほんとのイタリアモダンはね、もっと黒いの。パゾリーニみたいに。エリア？　あれは疲れるわ。思い出しただけで。人間技じゃないわよ、あのやけくその内装。参りましたよ、もう降参だわ。あの円柱、ピカピカの。あの天井の十字のライト、しつこいレザー、底なしに高い天井、考えただけで疲れちゃったわ。ジパンゴ？　なんなの、あの店の制服、ジャニーズ事務所じゃないんだからね。仏像や鶴のひとひねりはいい味出してるけどね。モニターがしつこいわよ。ザ・メイキャップは、地味すぎて嫌だわ。ビーナスのボディーソニックも嫌！」

〈嫌！〉

お得意のSの一撃だ。この一文字がスクエアビル、プラザビル一帯を爆撃した。放っておけば被爆地帯はロアビルや三河台公園、麻布警察や鳥居坂まで及ぶだろう。

貴子はこういう批判の神託が好きだった。男をパシリと平手打ちにできる女だ。つまり、ぼくの同類だ。ただぼくの陰が陽に転化されているだけで。貴子がSに昇華しきったとき、ぼくは姉をうんと陵辱したくなる。男好きのくせに処女は防衛しているようだ。卑怯に覗き見したあどけない童顔の性器とピンクの乳首を、泥の中で踏みつけて笑ってみたくなる。SとSは、やはり自爆するのか。

ぼくは、ふう、と軽く口笛を吹いて居間の戦場を出る。観葉鉢や、海を渡ってやって来た気高い家具などでしつらえたダイニングの英国産の正直そうな椅子に坐って、四十二インチのテレビに我が心を落ち着かせよと命令し、環境ビデオを流させる。すると、横で父の忠雄がいつもの儀式を始めた。

彼は、健康病なのだ。

まず、起きる。ウォーターベッドから起きるとき、必ずバッハやハイドンで覚醒しなければならない。神経にいいらしい。そしてゆっくりと起きると、栄養摂取率がいい寝起き期にテーブルの上に錠剤を並べて、うれしそうに一つ一つ飲んでゆくのだ。ローヤルゼリー、クロレラ、明日葉の錠剤、深海鮫エキス、スッポンエキス、小麦胚芽油、朝鮮人蔘、月見草、ビタミンA、疲労回復のB主体、健康のためのC、老化防止のEやDと、情緒安定のためにカルシウム剤を飲む。そしてアロエ飴を舐めつつ流し台に向かい、石鹸で洗顔すると顔の油が取れて老化するというので水で洗い、健康クリームを塗りたくる。それでやっと、ダイニングに来れるのだ。

陽炎のあたるバルコニーで、独得の体操をする。ヨガ、太極拳、気功法などを自分流に都合よく修正し、躰を苛めるのだ。大の字になって息を吸い、前屈して吐いたり、片脚を上げて逆の片手を上げ、跳ねながら回転したり、毎日見ても、笑える。

「おはよう」と、美食で最大血圧が百六十を超えるので、頭のてっぺんの百会のつぼをぎゅうぎゅう押しながら、やって来た。

これで、外務省のキャリアなのだ。ノンキャリアは人間じゃないと思っている。毛足の長いカーペットの上に五大新聞を拡げながら、ええとかほう、と呟く。しかし視線の先は、日本の外よりも内の方に向かう。ホルムズ海峡よりも当然、自民党の派閥争いが心配なのだ。おつきあいの深い派閥の人間が大臣に降ってくれれば、次官の星も夢じゃない。同期を天下らせて。

「今回の選挙で……あそこの派が今度は勝ったら、すると、あそこがこっちに……いやこっちがそうかなあ、困る。うん。アメリカも最近しつこいからなあ、はっはは」

と、忠雄はやっと食事を摂り始める。妻の定子は凝っている宗教の戒律で料理は作らないので、女中が早速運んでくる。

まず、無農薬果実。生のキャベツもいいので、人参と一緒にサラダにする。蜜柑、苺、リンゴ、バナナ、パパイア、メロン、マンゴー、パイナップル——大混浴だ。
そして、本食に入る。玄米食だ。毒素を取るゴボウ、ミソ、コンニャク、ヘルシーのナス、レシチンの大豆、若さのイワシ、サバ、ジャガイモ。霊芝、酢が一つ五十万円の柿右衛門やジノリの皿に。

食後はとどめのゲルマニウム健康法だ。大がかりな機械。これの次は、マイケル・ジャクソンの酸素吸入機械でも買いかねない。

「いいニュースでもあった?」

「ふふ、自民のA派のAの病気がね」

と、手足をゲルマニウムにもてあそばれながら言う。本人にとっては気持ちのいいものなのだろうが。

「ジャパン・バッシングはどうなるの?」

「ああ、嵐が去るのを待つだけさ。アメリカなんてもとからサドなんだからしょうがないさ」

サド——いや、ダメだ。この神聖な言葉の王冠は、忠雄の口に似合わない。

「農産品ぐらい買ってやりゃいいじゃん」

「政治家が資金や票もらってんだぞ。だから税金も安くて補助金もやってるのさ。そうはいかないだろが」

ぼくは神聖な言葉を犯された不機嫌さで、更につっこんだ。

「なんでそうアメリカに卑屈になるのかなあ」

「安保の条項があるからね」

「なら兵器でも買ってやりゃいいのに」

「それが目的の一つさ」

と、忠雄は健康病の強烈な通過儀礼を終えて、欧米産のシャツに背広を着ながら、薬草煙草の全健をくゆらし、

「あとの目的は日本の軍事的技術ほしさでね、わかってるけど何もできないのさ。だって日本はマゾだもの」

そう言い残すと、苦笑するぼくの前を通って、運転手つきのベンツに向かって行った。

三

ある日、ぼくはひょいと気が向いて、モモコを家に連れて来た。邸の大きさにとまどったりしない。微妙な表情を知らないのだ。花がパアッと咲いたような天真爛漫な笑顔でなければ、普通の表情しか持っていない。

家の中からは、奇妙な唸り声と太鼓のような音が聞こえている。昼頃。忠雄はいない。十四畳位の広間一面に、巨大な仏壇とも神殿とも区別のつかない、その類いのものがしつらえてある。

母ともう一人のその宗教の師らしいのが、白い奇怪な衣に身を包んで二人坐って並んで、おかしな木の棒と棒を叩きあって呪文を唱えていた。

今日は、これから幽斎が始まるのだ。ぼくはなぜかそのMをモモコに見せたいと思った。忠雄の朝のMよりも。一つの実験かもしれない。MとMが磁力のようにくっつくと反発するのかどうか――生存自体がMであるモモコと、新宗教の縄に縛られている母のMとがどう反発するかを。

一通り経を読み終えると、師匠は肩を上下に揺すってゴホン、と咳払いして休み、母は初めて顔をこちらに向けた。

「どうしたの?」

「観てるだけさ」

「ガールフレンド?」

「まあね」

モモコは、例のごとくの笑顔をつくった。

「観てていいかい」

「別にこちらはいいけれど、ねえ先生……お嬢さんが驚かなければいいけど……」

「ああ、彼女なら、妖怪が出たって平気さ」

幽斎の、鎮魂帰神法が始まった。師匠が審神になり、母は白衣で手を人差し指だけのばした印をつくり、何か唱える。躰が段々前後に揺れて来る。ふんわりと。巨大な見えない手にもてあそばれるように。審神が棒を持って周りを回り、二人で祝詞を唱える。がくがくく、と定子の躰が揺れる。顔色が変わってくる。声が大きく小さく波のように、やがて微かに小さくひきつった叫び声が交じる。審神は時々、「うん！」「や！」「とっ！」と肩を叩く。やがて霊動がひどくなって止まり、絶叫し、動きが止まった。

「お前は誰だ！」

「わしは艮の金神じゃ！」

「ええい、うそをつけい！」

審神が、母の肩を棒で打った。ぼくは、それがひどく芸術的に感じられた。

「はい、すいません。私はタヌキです」

「出ていけ、バカ者！」

ふらっ、と定子は風船のようにふわりと軽く倒れた。息を切らせて汗をかいた審神は、何やら手で印を組んで唱えると、喝を入れて定子を起こした。

「誰か神霊が降りましたか？」

母は、開口一番、そう言った。

「いや、失敗だった。低級霊だった」

「肩が重いです」

「タヌキが残っているんだ」

そう言うと二人はまた呪文を唱え始め、師は棒で定子の肩や背、首、頭をバンバン殴った。

「ひい」

モモコが、恐怖して小さく呟いたのに、気がついた。尋常ならば、この暴力そのものに恐怖するだろう。しかし、モモコが、こんなちゃちな暴力に恐怖などするわけがないのをぼくはよく知っている。かってモモコは、中学高校でひどいいじめの洗礼を受けたのだ。つまりそれは、苦痛を喜悦する精神への恐れに違いなかった。そう、成功だった。ぼくの読み通りに、ＭとＭとが法則にきっちりと従って反発しあったのだ。

# 四

攻撃的な野獣性剥き出しの爪が軽快なハンドル捌きでベンツ五六〇の車体を踊らせる。カローラやシビックが逃げると、貴子の顔が残酷にほころぶ。

関越道を走り抜けて、高崎インターを降りると、可愛いらしくプラスチックの警官のいじらしいお人形さんが何のためか飾られている。

まだるっこい駅をするりとぬけて新道をつっぱしると、脚を運ぶこともあるアトリエ・ド・フロコージュやフェアリィが視界に飛び込む。それを笑うように、軽井沢に群舞する大衆的な、幸せな顔の、レンタルサイクルの女集団やカップル、それが貴子の神経を痛めつける。

これでは、ない物ねだりの快楽も蒼白だ。まったくかんべんしてもらいたい。ここはディズニーランドじゃないんだから——。

貴子は、速度を上げる。旧軽に向かって。決められたコースを行進する呆けた顔が、こんにちは。一体、誰だ、軽井沢を平民階級に引き渡してしまった許しがたい国民議会の役を気取った泥棒は。遥かに見えるは、松の枠に飾られた、もっこりと青く丸い浅間山。レンタルサイクルするぐらいなら、まったく銃撃戦するほうがよっぽど美の法則にかなってると言ってやりたい、と貴子は細くしなやかな魔術的指をハンドルの上でイライラと痙攣させる。ヒルズマキは悪くはない。ヨーロッパの小物の高級感がいいし、アルヴィラもべとっとしていない。

旧軽ロータリーを過ぎて旧軽井沢銀座をショーハウスのほうに走る。店の前に置いた花が趣味のいい、KOGENの横の教会通りを通って、三角屋根と白い車輪の門――何の意味だろう？いつも考えてしまう――のパウロ教会の脇を抜けて、森閑とした厳粛な広い門の前でひらりと羽のように舞い降りると、呼び鈴を鳴らす。管理人のおばさんが来て、門を開けてくれる。自動ドアのように、開くのが当然といった顔でさっさと入り、車を車庫に、と言いつける。

巨大な別荘には、父親と弟が到着しているはずだ。

「ちょっと草が多いわね」

そう言って、聖パウロ教会に勝つかと思われるほど、木を多用した別荘に入る。


姉が、お得意のSの雪ダルマを転がらせながらやって来た。

「やあ、あねき、おつかれさん」

と、ぼくは、さばけた、にこにこしてるリゾートウェアで脚を組んで言葉を投げてやった。

「なによ、その格好」と、貴子はこわばって顫える高貴なYラインで言葉を返した。「まるで、一泊二日のミーハーじゃない」

「うるさいなあ、まったくあねきは、ステイタスの化け物だからなあ」

「パパは？」

「あの人は健康のため、旧軽井沢ゴルフクラブ」

「ふうん、少し出たおなかをシェイプアップする必要もあるかもね」

「おれたちも行くかい。軽井沢テニスコートに」

「いいわよ、あたしも」と、キャスターを手でもてあそんで、「エクササイズしなくちゃね。その前に、どっかで、食事しましょうよ」

「北野のカレー店はどう？」と、ぼくはちくっとSを刺した。

貴子は、チッ、と舌うちして無視し、「ホワイトクラブ、ザ・カウボーイハウスならいいわね」

「冗談じゃねえよ、ブランチでステーキはよう。キャベツ倶楽部は……おっと、怒んなよ。じゃあ、ザ・コンチネンタルにしよう。テニスの前に一発ビリヤードやろう」

「OK、行きましょう」

白い、昔の西部劇の書き割りのようなセントジェームスの前を通って三笠通りにぬける。

ベンツを大仰に停めて店に入る。胃腸の快楽前の、ビリヤードを楽しむ。ポケットは情報誌病的だと、貴子のせいで四つ球を演じる。バンキングで順番を決め、くつろぎのないリゾートウェアの姉が点のついたほうの球をねらう。赤、赤、白と偶然当たって「うわっ」と、ぼくはまだ余裕を持ちながらも賞賛の口笛をぴゅうと吹いてやる。貴子は下手なくせにあたり前のような顔をして、長身でキューの先を青く磨く。しかし次は一発もかすらない。にわかハスラーの常道だ。

黒い椅子に坐って、「今日は調子悪いわね」などと姉はワンレンに変えた髪をかきあげて言葉で失敗を紡ぐ。その糸車にも容赦せず、又、いつものようにぼくが勝ってゆく。

「三角球はこの角度からもっと下に当てないと」と、ぼくは赤、白、と当てる。

二勝負を終え、ぼくらは店でそのままブランチをとる。

「キューが少し曲がってたみたいね」と、二敗にまみれた姉はまだぶつぶつ言う。


三笠通り、旧軽ロータリーを通りハイジを右に見てテニスコート。

流行の見本市的なラケットを取り出す。十二面のうち三番を。一番は皇太子用。木の小屋。赤い屋根、白い壁。余りおごそかにみえないところが、こしゃくの極みだと貴子は妙な美徳の言葉でコートを飾って、スマッシュする。


汗かいて新道を横切ってホワイトラブで軽いものを。白い装飾がしどけなく。落ち着いている。ピアノ。木のどっしりとした年輪が白い色と手をつないで調和している。軽井沢的な味がみなぎる。これが六本木なら、まったく泥臭くてやってられないところだわ、と貴子は言う。

ディナーは、父親の忠雄と、三笠通りから新道を通り、万平通りの並木道を通って、万平ホテルに行った。落葉樹林の木もれびの中。時間という名の重厚な特権。ここも白と木の調和が微笑む。ささっ、と奥へ。全体に赤い。蠟燭の火。ステンドグラス。背の長い赤っぽい椅子。赤い木が中華料理屋みたいだわ、とぶつぶつ貴子が言う。フォークの背に国産米を乗せながら、「白米は……よくないんだけどなあ」と、呟く忠雄。ぼくは、けちをつけなくては気の済まぬ女と、自分を苛めねば気の済まぬ男に苦笑する。この現代貴族たちのSとMはまだ浅い。ぼくのは仕舞い込まれている。軽々しく表出しない。それだけに、出た時の爆風は大きいのだ。

## 五

「ちょっと散歩してくるわね」

と、貴子はちょくちょくシンガポールや香港、ハワイによく行った。忠雄は何をしに行くのか、台湾などに脚を運んだ。ぼくは海外旅行は嫌いだった。インドなどに行っただけで悟ったと思い違いする錯覚には、はまりたくなかった。

ぼくら三人の現代高等遊民、さしずめ世界に冠たる日本の具現ともいうべき滑稽なSとMの道化は、広く着飾った居間にいた。父と姉は言葉の御百度参りをし合っている。

「香港は、表通り、ネーガンロードはいいけど、裏は、特に九龍城あたりは行っちゃいかんよ」

「別にいいじゃない。点滅しない九龍サイドの夜景、光の帯は素敵よ」

「いや、ひどいものさ。突き出た洗濯物干しの棒、露店、ダンボールの山、うす暗さ、病もちで歯のないオカマの娼婦……」

「ハワイはやっぱりオアフね」

「そうだろうね、ワイキキビーチかね、平凡なところで」

「あそこは嫌」

「なんで」

「日本人ばかりじゃない。嫌よ。東オアフのハナウマ・ベイ、マカプウ・ビーチのほうがいいわ」

「まあそう昂奮しないでいいだろうに」

と、忠雄は貴子のSの切っ先に、へどもどした。

「ホテルはヒルトンだね」

「そうね、リージェントのポイントアフターもいいけど、バハアント・リージェンシーはいいわね。あの、洞窟のバーが気に入っているの。ヘフナーの豪邸にあるのなんて、ハリウッドの女優達が遊んでるでしょ。あれはいいわ」

「ロイヤル・ハワイアンは」

「趣味が悪いわ」

「西のチャイナタウンは、あんまりいかないほうがいいよ」

「平気よ。ウォンキーなんかいいわよ」

「シンガポールは、ラッフルズね」

「モームも愛用したんだ、知ってたかい？」

知らないお返しに、ムッとしたSの弾丸が飛んだ。

「あの天井の扇風機は嫌ね。白い棚もしつこいし、白い建物にグリーンのチェアもどうかしらね」

二人の会話はアジアから世界各国に飛んで、ハドソン川沿いのイーストリバーテニスクラブはいいとか、マンハッタンのレノンが住んでいたダコタもいいとか、メーシー百貨店はダサいとか、ヒルナードのイン・エムセスのほかは程度が低いとか、段々と、話はヨーロッパやロス、ニューヨークにも飛び火してきた。ぼくの、Sの虫が騒ぎだした。

「プリンス・エドワード島だわ。キャヴェンディシュやスタンホープの海岸、あの赤い砂浜」

「モンゴメリの住んだ跡があるね」

ぼくは口をはさんだ。

「やっぱり佐渡ケ島だね。日蓮の住んだ塚原の跡があるね」

貴子はムッとし、忠雄は苦笑した。

「パークアベニューのガラスの城と機能美の鋼鉄は完成されてるわね」

「うん、照明と陽光が融けあうように設計されてる、あの機能美は凄いもんだ」

「六本木通りをちょっと入った、谷中の下町みたいな所の、磨り硝子の城と朽ちたぼろ木造美の組合わせは凄いねえ」

「ロスのサンセットマーキーズ、あのピンクやコテージ風、ロビーのゴールドディスクがいいわ」

「ああ、シーナ・イーストンやデュラン・デュランのか」

「新宿ゴールデン街の、入り組んだ小路を入って、のれんをくぐった片隅の、あのもくもくと濁った油まみれの、大槻ケンヂあたりの色紙が飾ってある店はいいねえ」

二人はぼくを無視してパリの話をし始めた。サンタンドレのオレンジ風のシュゼット、クレープリーやシャンゼリゼ通りのフーケのカクテルやキャルソン、六区サンジェルマンのドウ・マゴの路上のテラスに話を遊ばせる。

ぼくは絶妙の声の逆説で、渋谷の吉野屋で並の牛丼におしんこ、紅しょうががいいねえ、元禄寿司で中トロのにぎりを食って、ケンタッキーのタルタルソースをたっぷりかけてよ、マクドナルドで菓子パンにポテトつけてねって女の子からかってさ、村さ来で一杯やると、お笑い小劇場「ジァン・ジァン」に入って、金谷ヒデユキのフォーク漫談のあぶない替え歌、神田陽子のロック女流講談、イッセー尾形の社会こきおろしに腹かかえて大笑いで道玄坂をいとまごいする限りときたもんだとやり返す。

姉は逆襲する。

「本気でクラシックカー走らせるミッレミリアは凄いわね。ケント公も来たりして、貴族のスタッフ多くてね」

「多摩テックのホットロッドのゴーカートは凄えよ。ウィリーもできて」

貴子は、鬼気はらんで忠雄に声の粒子を投げ戻した。

「スペインのガウディのグエルは最高ね。まだ創ってる聖教会はともかく、凄いテラスのバトリョ館までね」

「ああ、わしはやっぱりフィレンツェのほうがいいがね。ルネッサンスの。ウフィツィ美術館の回廊とか」

ぼくは再びレースコースに入る。

「やっぱ、浅草の浅草寺はアートだね。根津神社や、荒川線に乗って雑司が谷の鬼子母神もいい」

「モンパルナスなら、トロンドのコーヒーね」

「ああ、ピカソやマチス、シャガールやユトリロが行ったところだ。むかいのドームもいい。アポリネールやロシア革命家が通った」

「ウィーンならカフェ・ツェントラルね。フエヤステル宮殿内の」

「ああ、丸テーブルのな。わしは第三の男で有名などっしりしたカフェ・モーツァルトのほうがよかったが」

「やっぱ、コーヒーは巣鴨のルノアールだね。ししおどしがコツンと音をたてて、まわりが障子に生垣、小さな池に鯉が泳いでてね」

二人がさすがに露骨に嫌な顔を向けたので、ぼくはそこにSのダメを押すべく姉に一対一の白兵戦を仕掛ける。

グルメ戦争だ。

銀座のホテル西洋や代官山から広尾にかけての超高級フランス料理と、池袋あたりのちんけなコンビニの冷凍おにぎりの調理法の大激戦が始まった。

「飼育したラパンなんかと違って野兎のリエーブルなんかのジビエは味が力強くって舌ざわりが躍動してるわ」

「夜中にふっとさり気なく入ったコンビニでそそくさと冷凍や残りのお握り買ってきて、ちょっと手を加えて一人で炬燵に入ってふうふうと頬ばるのはいいねえ」

「オマール海老のポワレは表面の焼き具合が勝負ね」

「おやき、がいい。よく両面焼いて青のりや鰹節に、刻んだくるみや小麦粉混ぜて大和芋でじゅっと焼いていい匂い」

「ワインならボルドーね。赤も白も。セープ茸もあそこの香りがベストね」

「おこげのあんかけ。油で揚げて小さな鶏肉に塩と酢に片栗粉でとろみつけて中華だしにぶちこんで。ずるずるっとね」

「舌平目もそうだけど、フリカッセの風味が問題ね」

「水を中にぶち込んだ飯の鍋に、角切りのさつま芋をまぶして塩で味つけの、芋がゆがとろっとして最高」

「鴨なんかのムースも野生の力強い肉や卵白の泡立ちの柔かさの均衡が口あたりを決めるわね」

「擂粉木でねぎや桜海老をすりつぶして、小判型にして油で揚げた揚げもちはしゃりっとしたいい味になる」

「スズキは旬と質が問題ね。香味が違うわ」

「切りもちを蒸して水を少しふって、きな粉もちは舌がとろける」

貴子の唇が顫える。

S、といっても未熟で自己中心的で他人の存在がもう許せないヒステリー性格は、自分に語り酔うのでカタカナを乱発する。
それに反して同じSでも他人や世界の不完全が許せないぼくの強迫的性格、これは徹底した完成図が勝手に頭に入り込んで命令するので、内田魯庵のように鹿鳴館的な薄い横文字貴族気取りなんぞには頭にきてむしろ漢字や古い皮肉でSを銃撃する。

貴子は時代のSで追撃する。

「グリーンソースをシャンパーニュ風味にするなら、パセリよりクレソンをチョイスしたいわ」

ぼくは古典派のSでやり返す。

「豚の挽き肉と韮のみじん切りなんかを胡麻油にお酒少しいれて、皮で包んで蒸したお米餃子は艶がある」

姉は立って、最後のSを突撃する。

「一番はフォアグラのガヴァージュね。北京ダックみたいに口に無理矢理エサつっこんで強制肥育して肝臓大きくした残忍な生体改造の、そのグロテスクな美味しさがキャビアやエスカルゴと並んでフランス料理の女王ね」

ぼくも総反撃だ。

「卵を産んだばかりの雌鳥の、その卵と鶏の親子ひっつかまえてきて親は首切ってぶつ切りで煮込んで、子供の卵は溶きほぐして、さあ古い飯の上で親子御対面の親子丼ときたら、妊婦の腹裂いた生け作りとおんなじの日本食の帝王だ」

忠雄は呆然とし、その前で二人は立って緊張した。

その休戦協定を茶化すように、ぼくはいきなり、

「いよっ」

と、口三味線で錆のきいた都々逸の芸人の声を絞って、踊りながら粋な筋廻しを舌先で遊んでやった。

「やっぱ、こっから溜池のほうにちょっと行った小粋なお座敷で芸者呼んで、心持ちはすにかまえて、さっと羽織ったひっかけをパッとめくると、あっと驚く柄の地があらわれて、あら、と芸者さんたちが、まあ、ちょいとお兄さん粋だね、と喜んでかけ声の一つもかかる中、小唄鼻唄ふんふんと、伊豆白浜のひなびた旅館の廊下を、ひょいと肩に手ぬぐいひっかけて、ほい、ごめんよ、ときたもんで、いよっ、そこのご隠居、こんち、いい日和だねっ、てなもんであったかい温泉にざぶんとつかってみたいねえ」

ホテルも遊びも美食もぼくのSにカリカチュアされて、貴子はぷいと喜劇会場を大股で飛び出した。SとSが弾き飛んだ。忠雄は、それもいいなあと、磁石に敗北していた。

# 六

そうだ、こんな間奏曲を入れよう。モモコは自らの心と姿と同じく皮膚が赤く腐蝕、汚染し、血に塗れ捨てられ忘れられ、ずたずたの惨姿をうち晒す死んだ犬や猫とうっとりと同化して、丹念にその白骨や屍肉を拾っては埋葬し、血と汗と体液と土のごみやくずにくつろぐのが好きだった。出口のない苛みの世界。金ピカの貴子の帝国から捨てられ、忘れ去られた別世界。――モモコは、大事そうに、白骨を頬ずりしながら、過酷ないたぶりのSである排気ガス、毒になった水、雨、空気、狂った温度、気候に全身を拷問されて死に枯れつつある緑、木々が並ぶうらぶれた新宿の公園の腐った土にそれを埋葬するために、せっせと大久保通りの安連れ込み旅館群の方を歩く。

公園では、モモコと同じMの、沈黙しかなす術のない経済難民の職探し層らが、宿もなくうつろな眼でたむろし、腹をすかせてごみ箱をあさり、故郷の妻子が夢にも食べれぬ、一つ何万円の高級「重役膳」弁当の松坂牛のかすをむさぼり食う。そこでは同族の、家、社会、子らから捨てられ、行き場のない歯の欠けた皺だらけの孤独な老人が溢れんばかりにモモコと溶けあって歩き回る。

埋め終えたモモコが連れ込みホテルの横を通ると、同じような白痴美の外人女たちが、かつての貴族、上流、英雄の子女の地位も失い、性の商品になり果てて、春を売っている。自暴自棄に、下着もつけず体線、乳房の形、恥丘のあらわな薄着で、脂ぎった貴子と同類の高等遊民S族の中年男に買われ、街中で、堂々と秘部に赤黒い手を導き入れ、大げさに悶え、あえぎ、そのまま旅館へと消えて行く。

モモコと二重映しの女たちはその中の特別室、何でも装置のある変態プレー室で、ゴムの下着や目かくし、ロープで縛られ、尿、精液を飲まされ、便を食べさせられ、蠟液をたらされ、膣鏡で子宮までのぞかれ、浣腸をされて便をぶちまけ脱肛し、それを美味しく口に流し込まれ、乳首、に鈴付きのピアスを貫通させられて地面に這わされて、主人の足の親指を舐め、何本ものバイブを肛門、性器、すべての穴にねじこまれ、笞で叩かれ、その性技をしまいには喜んで自ら街頭でやらかしさえする。

ぼくの眼の前に、突然、貴子らが同期のインテリ聖心女を入会金五十万円の広尾の文化教室であざ笑っていた挿話が花火のように浮かんだ。——「ばかよ、あの娘ったら、たくましくて美形の白人男をあしらってやるの、なんて流行のNYの男狩りに行ってさ、結局、うんとくずれた地元の黒人にひっかけられるために丸出しのローカットドレスで黒人バーに出かけてね、やっと声かけられたら、茂みが透ける下着やガーター脱げよって。ハァハァ興奮してやってさ、次は脚を開いて止まり木坐れよ、客の方向けてな、って。黒人の客がみんな見てさ、にやにやしてやっと次々声かけられても、もうあの銀縁眼鏡の高慢ちき顔が糸切れてつっぱっちゃって、ぶるぶる顫えて肩で大きく息して、わけわかんなくなっちゃって、ノーノーって眼をとろんとさせて、べろんと段々股開いちゃって見せ物なみで、みんな大笑いして、やっと、にやっと何人かの浮浪黒人があそこに手を突っ込んだらびっしょり洪水だったたって……」――ぼくは、眼の前の二つのモモコ、M、を見て勃起しつつも、少し吐いた。

ぼくの横で、外人3K労働者をよそにBMWのオープンに乗って笑う貴子は、四〇分入ると六時間の睡眠がとれるフロートカプセルや瞑想音楽、芳香治療などの健康産業めぐりをする最中、偶然、排物の中で轢かれて果てた犬の白骨をひろっているモモコをなにげなく見た。

「幾つぐらいかしらね」

冷ややかに、何十万円、出稼ぎ不法労働者らが母国で何年も食え、家を建て、大金持ちになれるだけの値を誇る愛犬ジュリーを膝の上に置いて呟いた。

ジュリーが同じ芥になったら、きっと言うだろう。

「今度は、幾らぐらいのを買おうかしら――」と。

――その声に呼応するかのように、眼の前には、千五百億円の大都庁舎が見えてきた。世界の餓死寸前の十億人の腹を満たしてやれる豪華さは貴子そのもので、周りには、一つ五千万の、三十四個もの彫像が笑い並ぶ。フィレンツェが流行ったのは、何も公共放送のおかげだけではない。国との戦争なら俺に任せろ、お前は金だけしかない妾、強姦される尻まる出しの淫乱女だ、と大国フランスからいわれて卑屈に笑い従ったフィレンツェの中央の市庁舎の屋根にも華美なたいまつ、彫刻が同じように輝き、そこから花の聖母堂までの画家通りには、ダビンチらの「工房」が、道の両側に並び、やはり華やか、美、高級、快楽をウィンドーから人々に見せつけ広告した。

栄華のメディチ家がそれとたわむれて廻ったような、貴子の精神にからみつく各種占い、魔法道具、新宗教食品、チャネリング道具、本、水晶、呪符などを揃えた占いの館や貴子の何十枚ものカード、投機にへつらう証券、不動産、貴金属、株屋、銀行の高層大金融総合ビル、貴子の眼を楽しませるVR、AV、衛星放送、コミック、ハイビジョン、パソコン通信、などのニューメディア拠点基地、舌を喜ばせる世界のグルメ大料理店、貴子の全身に奉仕する人工知能、電子工学、バイオ、オプトなどを駆使したエステ、スポーツクラブ、アミューズメント、ブティック、スクリーン擬似ゴルフ場、男遊びの恋愛おみくじ、カラオケボックス、近未来カジノ、クリニック、などの現代の電脳快楽スポット。

つまり、これから行く「花の都」が、工房のかわりに道の両側に貴子に姿態そっくりに並んでいる。——「いやあね、変な外人とか近頃ふえだして、追い出したらいいのに。危なくて嫌だわ。ほら、そこのVRセンター見て。ポピュラスゲームみたいに、人類創造できてね、気にくわないのや要らない汚ない人間や町、国を大天災や戦争やエイズや恐怖の選択スイッチで好き勝手に大掃除できるの。レーザーとか三D立体空間だから、眼の前にリアルに映像が出てすごいわよ。この前、大空爆スイッチ選択したら、快感なの。弾頭に毒ガスや核とか細菌なんか選べてね、みんなやっちゃって、うす汚れたスラムや弱小国なんて油虫なみよ。殺虫剤みたいに、羽虫がくねくねもがいて、ばたんきゅう。核シェルターに避難させてピンポイント爆撃で高熱の気化爆弾撃ち込んで、人間バーベキュー、でっかい電子レンジ、人間ホイホイね、ってみんなで大笑い。きゃはは、きもちいいっ！」

広々と果てしない田畑で永遠に働く顔のない老農婦、成長できない幼児、泥の中で死んだ犬や猫と同類のMのモモコ。雲の上の神人の帝国で、進化しそこなった猿人を玩具や家具にして遊ぶよくある神話と同類の、全能に酩酊するSの貴子。睾丸や卵巣を切除された快楽と、人間の皮のハンドバッグや脂肪の石鹸を造って使う快楽。

——それはもはや、違う二つの生物を思わせた。ヒトラーの破滅予言の中の。

その貴子が消えた。

一緒にヨーロッパに行った聖心の舌足らず女が言うには、サンジェルマンのブティックの試着室からいなくなったという。どうせいつもの気まぐれの虫だな、と一家はぼんやりとそれを耳に流した。きっと今頃は、最近、面白いといわれている旧東ベルリンあたりに行って流行のネオナチたちと踊っているのだろう。

ぼくの頭の中のSの女神は、とてつもない一つの計画を練り出した。ぼくは設計図を書いた。もんどりうった空想の嵐に熱くなって、ありありと出現した白昼夢を細密画にさえしてみせた。

ベッドの横に転がしてある機能のお化け電話を取って口笛で作動させた。一人でアパートに住んでいるモモコが出る。今は、昼。まだパブに出ていない。テレビを視てた、という。古典芸能、競馬中継、時代劇、連続ドラマと、とりとめもなく。十六インチのブラウン管からの色の信号が、楽しいという。色のまほろばが。だから、音声はなくてもいい、色が主人公なのだという。

彼女の心は、ぼくには不透明だ。が、彼女のほうにしても、ぼくのこの心の中のやっかいな強迫神経症、一度思ったらやらずにはいられぬこのSじみた奴を解りはしないのだ。いや、そもそも解るという、うっとうしい任務を知らないのだ。

ぼくは、プレッシャーがかかった時にかかる強迫行為で左手の指を独得に体操させながら、右手でテレホンを握ってぼくの至高な計画を吐露した。

しばしの沈黙。

「それがどうしたの？」

面白い反応に、ぼくは満足する。

「よし、よくできた。いい反応だ。誉めてやるよ」

「ありがとう」

「じゃあ、やるな」

「さあ」

「どっちだよ」

「わからない」

「それじゃあ、することにしよう。まんべんなく決めたからね。今夜、パブが終わったら俺んとこに来いよな」

ピッ、と電話を切った。ぼくは大の字になってベッドに身体を拡散し、ひひひ、と笑った。

Sが疼いていた。それは芸術になるはずだった。

午前四時、街は眠っていた。

ぼくは、黒のベンツに乗っている。横ではモモコが目一杯、豪奢な毛皮をまとっている。むろんその下は、素肌だ。

溜池から六本木交差点に向かう坂。ビルが並ぶ。赤黒くただれた肌のホームレスが、大量に出たゴミ袋の山の周りを舞っている。

ゆっくりとベンツを走らせる。ぼくは、モモコを歩道に出した。そしてサイドガラスをあけ、ゆっくりと並走しながら、「さあ、いけ」と鋭く、突風のように呟いた。

モモコは、前を拡げた。まっ白な肌、薄茶色に整った陰毛、赤いハイヒール、しなやかな脚、少女のような乳房の先の乳首には、まっ赤な小さいイヤリングがついている。白く長い頸、まろやかな肩の勾配曲線。

「全部脱ぐんだ」

と、ぼくは毛皮を剥ぎ取った。モモコは瞬時、惜別の顔をした。桃のようなヒップが丸出しになった。

環境に鈍感になったホームレスたちも、驚いてぬっと佇立して呆然と見据えた。モモコは、ごく自然に、いい姿勢で歩き始めた。ぼくはうれしさに咽喉を詰まらせた。

ぼくの手はカメラにのびた。そして、撮った。ホームレスが一人、意志のない舞踏病者のようにふらふらと立ち歩いて、モモコの近くにその不安定な身を置いた。女王のモモコの行進を一瞬、じっと死んだように待った。男は、錆びた銅に似た芝居ぬきの手で、まるで丹念な乳製品みたいなモモコの白い肌理の細かい肌を撫でた。美と醜の融合。ぼくは肌に電撃を感じ、シャッターを切った。

一人、一人、と集まってきて、四、五人が菓子に誘導される蟻のように、逆説のあでやかさでたむろした。時間が、停止した。すべてが止まった。ぼくはSに感電していた。

数分して、

「こい！」

ぼくは怒鳴って、モモコをベンツにしまい込んで、発進した。モモコは、ぼっとしていた。まったくこの白痴美は芸術だった。

次は、車道――白い車線の上を歩かせてみる。車が、眠たげにぼやっと通ると、一瞬、眼を覚まして、ぼくの創った逸脱に振り返った。六本木交差点から飯倉交差点に向かう。六本木交差点の交番が空で、助かった。

時々、電車待ちのナンパ師が、大量のゴミ袋の山やチラシのなびく歩道の上、店の階段や植えこみの台でゴミの一種に化身して、ぐったりと転がっていた。

何人かは、気付いた。赤いイヤリングが、チリチリと鳴った。

「お、おい」と、ナンパの敗北者たちが石像になって見詰める。異次元が、歩いている。ぼくは、シャッターを押す。朝の六本木。まるでニューヨークを安っぽくしたような、人がざあっと去って、普通の街の数倍のゴミが、冷たいコンクリートジャングルの中に積み上げられ、それを派手な眠った建物が冷然と見下す、この景観の中に浮かんだ痴女の裸体——。

まっ白で、力も意志も判断も過去も地位も恥も道徳もなにも失った、武装解除した赤ん坊の少女人形の行進。

ぼくは車を寄せたり離したりしながら六本木一帯、麻布から赤坂までを引き回しつつその無防備の白く恥ずかしい素材を好き勝手に加工し眼で犯した。

「どんな気がする?」

「まっ白。夏の空が青い」

「なにもかも失ったんだ。すべてから断ち切ったんだ。素っ裸に剥ぎ取られて眼や空気に犯され嘲り笑われる、ぼくの道具、性具に落ち果てた気分は?」

「平和……。鳥が鳴いてる。ひんやりして新しくて、なんだかわからないけどあそこだけすごく熱いみたい」

チリーン。

「私は雌豚です、と言え……」

ぼくはぞくぞくして、口でそう犯した。

「……私は雌豚です」

チリーン、と鳴る。

「私はもう糞でごみで人間じゃなくただの肉と穴で家畜で便器です、と言うんだっ」

「……私はもうごみでうんこで穴で家畜です」

「まあいいだろう。次は丸裸で武器もなくどうか誰でもずたずたに犯しまくってお好きに料理して飼育して下さいって言ってみろっ」

「裸でなんにもないし、誰でもなんでも犯しまくって下さい」

「いたぶって、なぶって、大事なあそこを血まみれにして壊れるまで自由に切り刻んだりえぐり取って生き作りの生殺しにして下さいって言え！」

「大事なところをいたぶってなぶって自由にして生殺しにして下さい」

また戻った交差点でぼくは車の中から能面を出しながら、鳥肌の興奮で声を泳がせた。

「くそ、お前がただの女じゃなくて落ちぶれた女優や大歌手、トップアイドルだったらなあ。かつて一世を風靡した、数百、千万の男たちが肖像を持って女王や神みたいに熱狂して崇拝したその大スターが、落ちぶれ果てて純白のひらひらしたフリルのドレスで厳重に着飾ったかつてのその秘密の肉体を、衰えてから容赦なく満天下に晒け出して行進したらなあ。最高の地位も富も栄光もプライドも過去も失って呆けた素っ裸の顔と躰で、お前みたいにみんなの好奇と侮蔑の眼に犯されながら行進するんだ……」

ぼくはモモコに能面を神秘の手で装着しながら、宣告してやった。

「代わりに、これだ。まっ白な裸体に能面を付けて行進するんだ」

新しい行進が始まった二十一世紀を思わせる巨大な人工都市アークヒルズ。つんとおすましの国際拠点森ビル、ホテルやホールなどの広々とした近代高級広場を引き回す。その中の古典美。なにか、また新しい美が生まれた。

静寂。とてつもない静寂。透けた血管が、冷厳な霊南坂教会や前衛ＡＮＡホテルの雄姿を囃子方にして、一層の美の虐待を受けて張りつめる。

「大成功だ……なんで気付かなかったんだ。人体加工なんだ。生体改造なんだ」

白い静寂。チリーン、と赤い音。

ゆっくりと車も疼き酔う。大気が澄みきって、裸形の隅々まで容赦なく暴露する。くっきりと浮かび上がる独立した花弁。

ぼくはまた車を近付けた。

「どんな気がする？」

「怖い。躰がほてってる。ぞくぞくってする」

くぐもる声が返った。

ぼくは更に車の中から最後の秘密兵器を出した。危ない実験だった。かつてあるアイドルに憧れて手すさびをしていたとき、ふと、とんでもないことを考えたことがあった。その女優の裸身のデッサンに、なんと巨大な男性局部を書きつけ加えてみようと思ったのだ。

するとその女優は、女から、何かまったく別なものに落としめられ、ぼくのSは自分自身の全細胞に快楽の電流を注射して、とどまることなく何回も発射した。

更にぼくは興奮の絶頂の痺れた頭で、なんとぼくの頸から下の貧弱な丸裸と、その女優の顔の写真を合成してしまった。暗室で、オレンジ色と酸っぱい匂いの中、印画紙の中に浮かび上がったそれは、ぼくの宝石になった。何度もぼくはほとんどそれだけを射精の唯一の信仰神にした。

そこから出た発想だった。

大人の玩具屋で売っている、レズ用の装着具で貞操帯に似ている。ただ違うのは革などではなく特殊なゴムかなにかで、色といい形といい本物そっくりの巨大な男根があられもなくそそり立って見事に付いていて、それを腰に装着するとつまり一見して下腹部だけ男そっくりになれるのだ。

「次はこれを付けるんだ」

ぼくは激昂して命令した。

六本木交差点のほぼ中央の誠志堂や、おつな寿司の前で惨めに佩せる。

両性具有の新生物が誕生した。

能面。すべすべと博多人形の童女のような白無垢の処女美。赤いハイヒール。残酷に輝く真紅のイヤリング。その完全な少女美の中にただ一点、およそ信じがたい不愍で赤銅色の大蛇が猟奇的に露骨に力強くうねり生え出し、巨大に膨張した先端の粘膜は怒りにどす黒く充血して絶叫し、ぴかぴかに張って突きでている。

大成功だった。

仙台坂の旧貴族街にまで、新しい行進が始まった。

チリーン、チリーン。

麻布十番からまた下って皇后陛下のテニスクラブ。旧有栖川邸。

完全な甘さを創るには塩を混ぜなければならない。極上の香水を創るには一滴の悪臭も混ぜねばならない。白銀色の牛乳の肌の中の一点の腐熟したどす黒い大蛇は、一歩一歩脚を進めるたびに龍に進化して踊り狂って吠えた。

ぼくや、沿道の多くの驚愕する眼の弓矢がそれを存分に犯して、その精巣から白い白い、純白の雪のライスシャワーの液体の噴射を殉教として措しみなく捧げた。

数十分、大蛇は六本木の街を完全に制圧した。モモコの完璧に完成されたM。完全な肉体の加工、改造、つまり消失。全人間性の完膚なきまでの否定。大蛇の躍動と、あからさまな眼の強姦が、二重にモモコの肉塊を虐殺し尽くした。

それは完全なSの光景、すべてのSが手を組んで勝利をおさめた光景だった。浅い遊びで大学生がやる流行のソフトSMパブや風俗小説とは違う、子供っぽい、だだをこねたヒステリー患者のSとは格が違う、心の奥底で燃えたぎる痛烈に苦しい重症の神経症に克つための、深い深い芸術の域に昇華した真剣勝負のSの一大光景だ。

ぼくは充分満足した光景を創りあげたので、モモコを車の中に帰還させ、引き返して溜池に向かう。大きな歩道橋があるのだ。

ぼくは歩道橋の上で、モモコをまた自然の姿にした。坐れ、としつける。「冷たい地面を舐めろよ」と叫んだ。写真に撮る。「坐れ」と命じた。しゃがんだ。違う、尻をつけて股を拡げるんだと指令した。モモコは、少しためらいつつも、尻をぴちゃっとコンクリートにつけて、脚をコンパスのように拡げた。子供じみた性器は露わになった。ビル街を背景に。ぼくはシャッターを切った。一人、さえない背広姿の中年男がきて、驚いて、「わあっ」と言ってよけて行った。無視した。ブタめ！　至高の美の邪魔をするな！　ぼくはモモコに、橋の欄干にのぼるよう指示した。当代唯一の真剣さで手伝って、片脚ごとに慎重に栄光のお立ち台の上に乗せ、しゃがませる。

「小便しろ」

ぼくは、わざと低く冷酷に言った。モモコは、「えっ」と初めてほんの少し抵抗の混じった声を出した。ぼくのSは、がぜん大きくなって、声になった。

「早く！」

少し唸って、水は、時々通る車の上を遊弋した。虹が舞踏した。冷厳としたビル群の中での、生身の弱々しい白い肌と虹と蒸気の残照をネガに収めて、ぼくのSの一大芸術は、それで終わった。


嘆息。ぼくは、モモコを、かなり好きになってしまった。

七

貴子の行方は、一週間たって、何の音沙汰もなかった。

忠雄は、しきりに大使館や領事二課や邦人保護課に怒鳴っていた。

「大体」

と、忠雄はソファーに苛立つ尻を揺るがせつつ、どんと落ち着けながら言う。

「パリやニューヨークや香港なんて、一歩間違えりゃ日本の大都会の新スラムのどこよりも凄い暗部があるのに、パリやニューヨークと聞けば、安全健康治安地域と今の若い連中は思ってる」

「外務省で宣伝したら」

ぼくは軽いこなしで言った。

「言ったって無駄さ。この国じゃ、どこ行ったって警察が守ってくれるものと思ってる」

「なんでそうなるんだろう」

「戦ったり、自衛しなくても、誰かが助けてくれるっていう神話さ」

「じゃあ、外務省も共犯だね」

忠雄は一瞬、くしゃっとした泣き笑いのような顔を創った。


下の階からは、定子のお題目が響いていた。

二人の、霊能力者が来ていた。一人が、トランス状態に入る前に、祝詞を唱える。もう一人が、護摩を焚き、香を焚き、その霊能者の後ろに立って手の印を官能的に組んで、妖しく舞わせている。

ぼくと忠雄は、目の前の大活劇に唾を飲み込んで、坐った。

「うわぁあああ」

突如、裂帛の声が空気を斬った。一人のほうの霊能力者が神がかり状態に入った。倒れた。

白眼をむいた。ほとんど動かない唇から、別人のようなしわがれた、老婆のような声が流れ出た。

立ったほうの霊能力者が遠くから響くような声で訊く。

「あなたは今、どこにいますか」

「暗い……暗いところです。暑い。息苦しい……」

神がかりのほうは身をくねらせ、エクトプラズマをチューブからひねり出すように、咽喉を痙攣させる。

「どうしたんですか」

「さらわれました」

「今どこにいます?」

「わかりません。暗いところです、倉庫のような……」

「誰かいますか」

「今はいません」

「苦しいですか」

「苦しい……死ぬほど苦しい……」

神がかりの男が悶絶して身を演劇的に大仰にのけぞらせてのたうった。立ったほうの霊能力者が、そのじたばたする手脚を押さえて、大きな、岩石のように重い声をふりしぼった。

「どうしたんです！」

「こんなバカな……私が……」

男は口から泡を噴いた。「危険だ」と、もう一人の男は言うと、呪文を唱えてから、喝を入れ、えい、と霊をはらった。

さっ、と男は正常に戻った。組曲は終わった。二人は、いや、四人は息をはあはあさせて、しばし沈黙した。

「大変危険です」

立っていたほうの霊能力者は、一言そう告げた。定子は、男たちの後ろで木の葉のように失神していた。


夜、ベッドの中でぼくは、姉のことを考えると、強迫観念に襲われた。

観念の中で、姉があの高貴なワンレンをかきあげ、イタリアンカジュアルで、「ハァイ」と元気に家に戻って来る姿を想像しようとすると、姉は、O嬢のように、性器を改造され、鎖につながれた奴隷となって、社交界のパーティーに出てくるのだ。いつものように官能的なガウンを着て、脚を組んで、玩具替わりのヨークシャテリアの「ジュリー」をからかって遊んでいる姉を想像すると、ヤプーのように、人間椅子に改造させられたり、首輪をはめられた人間犬にされたり、小便をすする人間便所の雪隠器になって現われ、サンタンドレでクレープリーを食べているのを想像すると、ソドムの市で大便を食べさせられている裸の奴隷の姿に変容してゆくのだ。

もう、強迫観念には、お手あげだった。——しかし強迫観念に苦しめられつつ、わりとそれを中断せず、身を任せ、その中で遊んだのはなぜだろう？　ぼくは、極小の陰茎が叫ぶように勃起しているのに気付いて、どきっとした。

## 八

それらしい——と情報が入ったのは、インド駐在大使館からだった。

インド！

いくらインドが一部マニアの女の最高法規だからといって、パリとインドでは、落差がありすぎる。

ぼくと忠雄、それとモモコを連れて、一同はインドへ飛んだ。

「まったくなんでこんなところに、破傷風、狂犬病、コレラ、肝炎、腸パラ、マラリア、回虫……」と忠雄は予防注射を腕がふくれるほど射った。

カルカッタは暑かった。鬼の税関。ネールの嘆いた嫌悪と崇高の同居。五十度を起える空気の拷問の中、聖なるガンジスが見えた。貧乏で火葬にできなく水葬にし、浅黒い肌がまっ白になって、野犬がゴムを噛むようにその屍肉をぐちゃぐちゃとちぎる。ハゲタカがそれを白骨に浄化する。これが、ジョルジュVやセントラルパークと同じ地球なのか。

「綺麗」

と、モモコは言った。

「屍体は好きかい」

ぼくはまるでバカなことを訊いた。

「白くきらきら光る骨が」

ベトつくアスファルトの上をリクシャに乗る。原色の花々、犬とニワトリ、石像に物乞い、露店、どろどろのガンジスに入る男女。サリー。シャツ。ゆっくりと歩く牛。砂塵――これが岡倉天心とタゴールを邂逅させたインドなのか。

「すごいね、おやじ。なんか血まみれの性器みたいだよ。アーリア、イスラム、モンゴル、イギリスに強姦され続けた傷跡。ヴィクトリア朝風社交クラブやルネサンス様式の記念堂、宮殿、ロココ庭園のディンガンベル寺院やフィレンツェからイスラム最高技術の大聖堂に高層ビル群の豪華さ、その逆にジャガー寺院の山車の下敷きになって喜悦しながらあえぎ死んじゃう祭り、視なよ、昔の鹿野苑とおんなじだ。惨めな小舟の花売り娘、眉や唇一つまで調練されたカターカリ舞踊、「ここは極楽なり」と記した、金銀宝石大理石を取って独立の志士の監獄にしたハース宮、百万人のエイズ、河畔の女が棒で服を叩く洗濯、髭も切れず虫が殺せないんで野原も歩けないジャイナのインテリ、屍肉を燃やす匂い、沐浴場、何十の宗教のテロごっこ、何十万の路上生活者、水のない幽霊都市、半獣と交合の神像、女装の戦斗者グルカ、いくつかの国境じゃ民族独立で戒厳令と拷問と銃撃戦か。出稼ぎで重労働や陰部売りに来るのもわかるよなあ」

忠雄は、重い銅の水瓶を頭に乗せる女の、想像も絶するMの景色の洪水のせいで貴子への強烈な不安を八つ当たりで書記官にぶつける。

「なんだね、これは。だから霞クラブの記者連中に外交官試験組は雲上人だのＯＤＡは企業侵略なんぞと書かれるんだ。情報費が俸給以外に出てるだろが、なんだこれは、娘は、それに娘はどうなるんだ！」

書記官は困惑する。

「夏休みになると議員の先生方の外遊がありまして手が廻らないんです」

「旅行者保護よりも接待か。だから日本大使館は政治家の旅行代理店なんてアメリカの役人に笑われんだ。ほかのやつらはこんな所でこんな時に何やってるんだね、娘は！」

「今ちょうど永田町のお偉いさんの、環境問題と出稼ぎ難民問題で海外視察がありまして、御滞在のホテルの方へ……」

「みんな行っとるのか？」

「ええ、まあ」

「じゃあ大使館は空か。情報はどうするんだ、その間、娘は！」

儚い栄光の中で最愛の者を失い「神は永遠なり」と碑銘に記して二万人の血と汗で創った月光に白い無常のタージ・マハル墓廟にも似た金箔の高層ホテルの階段や入口には、そういえば一等書記官や参事官までが警備員のようにけなげに全身を緊張させて突っ立っていた。

ぼくは、Sをちょっと振った。

「アジアの役人が言ってたね。日本の外交官はジャスト・メモリーマシンのツーリストだって。エイズ菌や毎日の流血ごっこや屍肉も食べて性も売りに出かける泥沼の中にどっぷり漬かりながらさ、アメリカと政治家だけ見てるんだね。そら、もう、ガンジスを段々北へ、ネパールの方だ。平原よりどんどん貧しくて血だらけの山脈、インダス、別世界に向かってる。ヒルトンの小説のシャングリラがあるかもね。マドゥライ寺院の浄めの池にはさ、文学を投げて傑作は浮かんで駄作は沈んだけど、「失われた地平線」以上の傑作が現実にありそうじゃない。

視なよ、あれは生き人形の処女神、生き神様だ。美し過ぎる顔や肩と手脚ら三十二の条件に合格の幼女を、まっ暗で血のしたたる水牛の部屋に投げて脅して試験して、クーリーになったら生き神館に孤絶して閉じ込められて巡幸以外は外にも出れなくって、生き神教育うけて、蛇の銀の首飾りつけて隈どりして女神になって木造宮殿の格子の奥で拝跪された物神になって生きるんだ。あっちはダサインの祭りかな。女神の勝利を祝って水牛や鶏の血を窓や戸、車に塗りまくってる。お次は蓮の花の柱頭や金色の仏像群か。香煙や太鼓の音に麻薬、仏画布や祈禱車は派手だね。こっちには強い陽光と激しい寒風で風化した断崖だ。外壁が崩れて白い内壁むき出しの古寺院で客とってる酔った蠅だらけのオカマを視なよ。上下の歯をみんな抜いてるね。大学出て教養あってミス世界にも優勝できる美人じゃない。男根だけ残して手術や女性ホルモンで全身改造した流行りのシーメールかもね。ああやって一生ぎらついた日本の中小企業あたりの経営者のおっさんの臭い一物をしゃぶって愛想笑いしながら生きていくんだね」

Mの刻印を押された二人の超エリートは、大聖堂と屋根蓆の小舟を横に、そっと鳥肌を立てた。モモコだけがそのMの地平線と貴子への予感にうっとりとしていた。

「とってもいい……好き……あの、歯のない人」

書記官がぴりぴりと神経質に頸と尊大な自負心を振って呟いた。

「違う……汚ないのも貧しいのも殺しあいも出稼ぎも不潔も何も、やつらが悪いんだ。援助はしてるんだ。身勝手も差別も虐待もありゃしないんだ、自分で自分らをむさぼり喰ってやがるんだ、救ってやってるんだ、カネは出してやってるんだ……我々は知らん、我々は知らんぞ、こんな所に遊びに来るやつらも悪いんだ。ろくなやつらじゃない……宗教や神秘やドラッグに憧れたり、男や女や歯のないオカマ買いに来たり……中年主婦女はカード片手に買春ツアー、若い女は男に抱かれにきてイエローキャブ、それでエイズだ強姦だ誘拐だ自己破産だって騒いで泣きついてくる……我々は観世音菩薩じゃない。激変する世界のうねりに対する使命が、新しい世界の旗手としての国際貢献の使命が我々外務キャリアには……」

ぼくのSと、人間を蹄で踏みつける後脚の白い馬の石壁と同じMの毒気に悪酔いして迷走する日本のエリートの病的な自尊心の顫えと呟きは、リクシャと一緒に止まった。目的の住宅街に着いた、ルピーよりドルをくれ、と運転手が呑気に言った。

ぼくたちは、九龍城のような、細い、迷路のような地下住居に入った。忠雄は、口をハンカチで押さえている。書記官が、色々と喋っている。汚物の臭い、軒間の入りくんだ電気線や水道管、崩れた壁。そこに貼られた原色のインド画。たまったドロ水。湿気。モモコは、不気味なインド画を指でなぞって、「綺麗」と、言った。ぼくはゾッとした。この女は生まれる場所を間違ったんじゃないのか？

「どこが綺麗なんだ？」

ぼくは少し恐れながら喉を鳴らした。

「いじめられて、いじめられて、それでもう嘘がないと思う。なにかすごく安心できるの」

「丸裸のお前とおんなじか！」

ぼくは六本木の大行進を思って少しぞっとして叫んだ。

忠雄も絶叫した。

「た、貴子がこんなところで生きているはずがない。こんな不潔な……あ、あの娘は躰が弱いんだ！」

ぼくは錯乱して怯える忠雄に、懲りもせずちくっとSを刺す。

「気は強いけどね」

「な、なにを……限度がある。あの便所の穴を。匂いを。尻をふく紙もない。左手でふくんだ、それで右手の手でつかみ食う。動物だ。げっ」

「アウシュヴィッツで全裸にされて、毛をみんな剃られて焼きごてに人体実験の手伝い、穴のあいた便所や去勢や改造や撲殺される中、家畜になって死ぬ寸前の心理学者がいたけど——

——」

ぼくは、心の奥底に快感と不安が入り混じって嵐になるのを感じつつ、一人微笑んで飛び跳ねるモモコを観ながら歯がみした。

「肉体が、それもマドラスの彫刻みたいにすごく美しい肉体がとことん限度を越えて糞まみれの豚にされたとき、逆に心の底がショックで変転してしまう例があったらしいよ。心の底が、改造された躰に合わせて生きるために、心を守るために、完全に変質しちゃうとかね。実際に限度を越えて体験しないとわからないけどさ。まあ、ここはいい線いってる。ぼくの強いSもどうだろう……あねきがもし……」

強迫観念の発作、が出始めていた。

「オー」と、書記官が言った。ぼくらは迷路を出た。ボコボコの一車線の道路は、車が目茶苦茶なルールで走っていた。バザールを通り、祭りのようなところに入った。夢精じみた不快感の、もう日本では見られない見せ物小屋、左右に十個以上もくっついている、どの看板にも、インド絵画特有のどぎつい赤や黄、青の色で、蛇の躰の女が人間の顔をしていたり、頭が二つある男が毛だらけで立っていたりした。

「こ、こんな所に入るのか！」

忠雄は、驚きの絶頂でタコ踊りのように身をくねらせて書記官に叫んだ。

「世界に冠たる日本だぞ！」

書記官の絹のネクタイを締め上げて、取り乱して絶叫した。

「ＣＩＡの極秘外交報告を読んだろ、二千年の日本、ってやつを。二十一世紀には日本が経済力なんかで世界を支配して、それを指導して先頭に立って情報収集や外交交渉や工作するのが外務省なんだって。その頂点を狙う本庁の指定職のお姫さまと蛇女や半獣半人がどこでどう結びつくんだねっ！」

「興奮しないで下さい。そんなに高貴な京人形ならガラスケースに入ってるだけで商品になります！」

書記官も少しやけになった。

ぼくはまたSを突き立てた。

「そうだよ、日本のビデオもアニメも似たようなもんさ。ビデオは糞尿食べおじさんや、街を歩いてる美人の処女にカネやって二つの穴に肉棒突っ込んだり、獣姦に親子や幼い兄妹の近親相姦だろ。猿轡に浣腸に生ゴム調教のＳＭ。最高は可愛い男をさらって来て男の性根だけ残してあとは顔や手脚、胸から尻まで手術して改造した上に女性ホルモン注射しまくって両性具有のシーメールつくってさ、それを男や女とまぐわせたりシーメール同士で交接させたりしてるじゃない。アニメは近未来のバイオ社会を先取りしてさ、巨大な爬虫類や両棲類みたいな宇宙人が触手で地球の美少女戦闘員を犯したり改造したり、人体実験や手術で半獣半人にされた美少年と美少女が愛し合ったり、美形の男女中学生の心が入れ替わってお互いに鏡を観て自慰したりしているんだ、ミトゥナ像の一歩上だよ」

つまりまだぼくはSだった。猛烈な悲惨の予感にまだ快楽のほうが疼いていた。

「ぐうっふふふ」

忠雄は、同じ予感の強烈なMにMがやっと反発して磁場をつくり、心が遠く弾き飛ばされてむしろ急に空虚に笑った。

「動物園みたい……お弁当拡げて、ピクニック。楽しそう」

モモコのMは、笛で踊る蛇や象の行進のMの磁力に引っ張られて甘く揺曳していた。家族団欒でお弁当を持って心うきうきと高原や動物園に出かけるみたいにはしゃいで。

「行きましょう」

やっと書記官が勇気ある脚を踏み出した。

ぼくたちは、その一つに入ってみる。一人の可愛らしい少女がいた。しん、としていた。モモコと眼が合った。なにかの電波が通じたのか。ドンドンドンと太鼓が叩かれると、少女は地獄の底の顔でモモコをじっと見ながら、爬虫類のように両脚を頭の上から背中に曲げ、身をそらし、首をヘビのようにして、頭の上に皿をのせたり、皿回しをしてみせた。

「ここじゃありませんね」

「違う」

忠雄は、西陣のハンカチで口を押さえ、病原菌に怯えるように言った。

「マハーパリプラムの村の蛇人浮き彫りなみだ。なかなかいけるじゃないか」

ぼくは、うっかり言った。

「あれはわたし」

モモコがはしゃいだ。客と一緒に。

「ふっふふふ。おえっ。違う。ここは違う。夢だ。こんな所はありえない。影絵だ。人工知能の時代、農漁畜産も工場で作る時代に、二十一世紀に、嘘はやめろ。３Ｄ立体映像だろ、こんな世界はありえない」

硬直してＭに染まった忠雄を、書記官は引っぱった。

「そう、もっとねじって、服も取って、こんにゃくみたいに、蛇になって」

モモコのＭを望む磁力の声が天に通じたのか、その通りに透ける印度更紗を、突然出てきた身長が数十センチの男が毟り取って、全裸の美少女は更に全身を爬虫類にさせた。蛇の縞の代わりに躰中に痣、傷の紋様。

「いいぞ、あとは血とセックスをつけ加えれば合格点だ」

ぼくは激しく興奮して力んだ。

「違う、違う」

動かぬ石像の忠雄を、みんなで引きずり出した。

ぼくらは出た。もっと見ていたかったのだが。さすがにインドは広い。全国のこういう小屋を回りたい衝動を感じた。あるいは、Sのエロスを満足させてくれる最高芸術があるかもしれない。

祭り。闇市、莚の上に鍋や汚れた文化財。祭礼に使う赤黄緑の粉、線香や供花の売り声。アジャンターの壁画なみのどぎつい看板に呼び込みの怒声。

「生まれつきの毛だらけや病気や身体疾患者が主流ですか」

ぼくは書記官に訊いた。

「いや、最近はもっと悪どいですね。象皮病や枯葉剤で手足三本やエイズのカポジ肉腫さえ売り物にするのはいいほうで、アメリカのビデオ業界の影響もあるでしょうが、暗黒組織が旅行者をさらって来て生体改造や加工、陰部摘出、肉えぐりや訓練調教したのが多い、大体女が半袖やミニで歩くなんてここじゃ裸同然です。輪姦してくれって言ってるのと同じです。また日本女ときたらそれを期待してるふしさえある。その上犯されて性病うつされてカネまでやるんだ。車や宝石も買ってやる。カードでね。あげくは日本に一緒に帰って結婚して、だ。そんな連中を相手にするプロさえいる。リゾラバだ。もっとひどいのは人買いシンジケートで、麻薬で縛って売春や人身売買させたりする。一年で五万件以上の事故があります」

「すると姉も?」

何か遠くで激しい騒ぎと爆発音がした。

「正直言って……旅行者どころではないのです。パンジャブやシーク教、環境や難民、人権問題、エイズや政変……頭が痛い。日本に帰りたい」

「別の意味で――」

ぼくは母国で流行の女装や占い、ロリータやスカトロ、魔術呪術や摂食障害の饗宴を頭の中でくるりと回して舌先に出した。

「似たような方程式ですよ、あなたの愛する日本もね」

別の、小屋に入った。

今度はぎっしりと人がいた。薄いシャツ一枚の男が多い。かけ声や、やじがとぶ。柄が悪い。少女。十八、九の女が出た。モモコの眼をちらっと見る。ぼくはMの本能的符号に感心する。二人の男が馬を連れて来た。馬は発情していた。そして、女の性器に、ビール瓶以上の巨根が、侵入しようとしていた。女は尻を突き出す。挿入される。改造手術したのか、訓練したのか、裂けぬ。少女は顔を赤くする。馬が鳴く。観客は拍手を送る。

「うわあ、きたな」

ぼくは唸った。心臓が高鳴った。Sが疼いた。

「もっと交尾しろ。半獣半人のヒンズー神話の猿神や人獅子になるんだ。血が欲しいな。裂けた方がいい。ばりっと」

顔が充血して神経症の内分泌で躁状態になった。思わず舞台に叫んでいた。

「よし、誉めてやる。さすがインドだ。性愛のあれだけの聖典や哲学、叙事詩やカジュラーホ村の彫像を生んだ国だ。本物を知っている」

モモコは完全に蛇少女のMと一体になって、うっとりとした眼で山犬のように這って陶然としていた。

「そう、そうやって一緒になるの。うんと押し込んで、毛だらけの馬になって自由に走り回るの」

実験が成功しすぎたかもしれない。母の時より強烈な本物の宗教の磁力に吸い込まれている。下手をすると動物になったまま人間に帰れなくなるかもしれぬ。

「違う、存在しない。おい、どうした。なんだこの記事は。世界が大揺れするたびに〈世界超大国のそのまた頂点高官覆面座談会〉って必ずMITIやMOF幹部どもがひとくさりして最後はいつも外務官僚が無能無知無策だ、『へへへっ、毎度おなじみのうちは世情にとろくて、へえっ、知らなかったなあ』って一人で大国のマゾ役して頭掻いて反省とくる——」

忠雄はMの力で時間と場所から心が飛んで、霞ケ関の執務室にいる見当識障害をおこして、汚れた眼の前のインド人を部下の外務高級官僚と思い込んで訓示している。

「いいか、次の事務次官を狙う局長と、今の陣笠の政務次官の派閥のラインと、うちの族議員と事務次官、官房ラインの予算獲得戦争なんだ。それらしく充分に疎明して付款と書類で善処決裁しましたって、長い意見書を大臣に先に進達すりゃ勝ちなんだ！」

いきなり漁師の三角帽をぐいっと掴まれて説教されたインド人は、かなりびっくりして何か悪いことでもしたのかと勘違いしておろおろと弁明した。

「メネヒジャンタフン（わからないよ）」

「違う、違う。弾力のある若い肌にはビタミンBやC、鉄分や亜鉛にカルシウムで高野豆腐に大豆の呉汁がいい。卵油や保湿除菌にコラーゲンの美容液、低周波や美容ローラーだ！」

インド人は汗をかいて逃げようとするが、忠雄は離さないで更に迫る。

「違うんだ。ビタミンUは細胞を回復して潰瘍にいいし、AやEは癌を防ぐ。Aは抵抗力をつけるし水道水は活性電解イオン水成器でアルカリ化すれば肝臓にいい！」

「ヘーラーム（離してくれ！）」

インド人は腕を振り切って逃げようとするが、忠雄がしがみついて叫ぶ。

「違うんだ。疲労症候群には真空浄血療法や電気磁気療法やビタミンB、Cで乳酸を処理して、葱の硫化アリルはその吸収を高めてくれる！」

「ショマキジェー（すいません）！」

インド人は身も世もなく叫び、書記官も組んず解れつで引き離そうとする。

「違う、違う。ストレスと自律神経にはカルシウムやビタミンB、Cがいい。男性ホルモンや脱パンツ療法もいい。一円玉療法や紫外線や赤外線を寝る前に浴びると血糖値が下がるんだ！」

こんなこともあろうかと、書記官は用意していたクロルプロマジンを忠雄のぷりんぷりんの大きな尻に注射した。

発作はやっとおさまって、忠雄の心は見せ物小屋に戻った。

「なんでこんな所にいるんだ。そうだ……そうだったな」

正気に戻って、かえって苛酷な現実に血の気がひいて忠雄は蒼白になった。

舞台では、滑稽な日本人の大騒ぎも鎮まって、見せ物の続きが始まっていた。馬の次は猿、全身肉腫の男、大蛇、野犬、鹿、亀、豚など聖なる牛以外はほとんどの野獣が少女を存分に征服していた。

「ありえないことだ」

忠雄はまだ硬直して呟く。

「いいぞ、次は何だ」

ぼくは腰巻きの客と一緒に拍手を捧げる。

「気持ちいい……もっと」

モモコはMの神話を阿片にして酔う。

書記官は、忠雄の錯乱で小汚ない腰巻きを破られたインド人に文句を言われている。

「わかった、弁償するよ……なんで俺がこんな目にあうんだよ。うるせえな、ほらカネだ！

これでいいんだろが」

悲惨は、悲惨すぎるとかえって喜劇になる。むしろ笑えてしまう冗談になった一座。

ぼくたちは出た。

「違いますね」

「ち、違う」

と、ヒステリックな声で忠雄は言った。ぼくは、少し興奮していた。モモコは冷静だった。

まだまだこれからだぞ、とでも言いたげに。

北へ北へと一歩進むごとに衣食住、自然すべてが信じがたい異次元になっていく。

「もう、何がおきても不思議じゃないな……」

この世ならぬ風情の薄桃色の水蓮の香りと夢幻に謎めいた水上菜園。そうかと思うと、家のない者の〈船の家〉の寄せ木はうら悲しく枯葉のもろさで漂い揺れる。

店々のかなた、間の眺望は前世を思わせる。

長い日傘と黄金の羽飾りで装飾された聖像が列をなして寺院のまわりを跳ね狂う。喝采や極彩色の仮面舞踏に香辛料と蘭と屎尿の強烈な匂い。鸚鵡やホラ貝やラマ僧の巨大なラッパの喧噪。

すぐ眼の下には千年以上も忘れ去られた断崖の石窟寺院のまっ暗な穴や暗黒の浮き彫り。草一本ない荒涼の渓谷。

見上げれば、人間の営みをせせら笑い、孤高に閉ざされた巨大な白峰の秘境の、岩肌にすがりつくように朽ちた城砦僧院。

「こんなところが……あるんですか、ファミコンの冒険ゲームだな。RPGやファンタジー少女小説か。でもスケールが違う。何でもありだ。小学生の頃、好きな憧れのクラス一の美人の女の子を、小さくして机の中で飼って、口の中に入れて軽く噛んで愛してあげたいと思った事があったけど、あんな感じだ。人間が調理されてやがる……」

鼻と耳に穴をあけ、螺鈿の腕輪に山羊皮を羽織った老女が茫漠とした巨大な谷間を貧相な象と歩むのを観つつ、ぼくは書記官に呻いた。

「七十年代に初めて開放された土地、呪術、私も入れない聖地、気味の悪い秘儀、千年以上も眠っていた寺院……こんな迷宮をもぎ取ろうと軍隊がぞろぞろ来て戦争を何回もやってやっと落ちついたら、民族や宗教です」

大騒ぎのバザールをめあてに、山羊の産毛の最高級のカシミール織りを着た男が演説を始める。

石鹸、米などと入れた袋を聴衆に配る。

「ちっ」

書記官は、舌うちしていきなり忠雄の眼を両手でぱっとふさいだ。

「汚ない政治を観てまた発作おこすと困りますんでね」

そう言って、苦笑した。

「選挙ですか」

「血の雨が降らなきゃいいですよ。元藩主のお遊びならね。宗教や民族がからむと、残酷さはあんな見せ物と違って肉のこま切れが飛び散って手に負えない」

「大変ですね」

「旅行者保護どころじゃないのがわかったでしょう。地獄です」

眼の前をざわざわとした日本人の中年女の一段が通り過ぎた。

「観て下さい。中年主婦の売春ツアーです。カードで男を買って、騒いで、日本に帰るとエイズだ破産だと役所に泣きつくんです。連中の世話をするため幼稚園から塾に行って東大出て外交官試験を受けたんじゃない」

ぼくはあらためて、どぎつい看板、残酷な見せ物小屋、人身売買、テロ、拷問、貧困、生体加工された巨大な園を観た。容赦のない冷ややかな絶対の圧力で人間の無力を責め苛む、生きる証さえ許さない凄味をもった遠方の切り立った崖、えぐり取られた深い溝や巨大な谷底や岩山に、無力に敗北して朽ち果てた憐れな旧王城、男根祠堂、一糸纏わぬ緑色の裸像の救世主、段層僧房群の奇観。耐える事が不可能な圧倒的な奈落の変奏曲は、もう何が起きてもいいんだ。何でも喋っちまいなと、人々を調味し尽くしてほぞを噛んでいた。

「姉も……お嬢さままで、幼稚園から塾、書道三段、華道、乗馬、英検、スキー、スキュバー、花柳流の資格に白百合から聖心、東大、学園のミスです……」

その地獄の底を横切りながら、四人で次々と小屋をのぞいては同じ喜劇を繰り返した。眼の前のバザールの、昭和三十年代を想わせる惨め過ぎるアイスキャンデー売り、缶詰、曼陀羅、数十円出せば満腹のお大尽になれる極彩色の皿の上に、缶詰の中に、思わず強迫観念で人間、姉の黒髪付き頭皮や大腸、肝臓や数十万円で磨きぬかれた美しい指が美味しく炒めたり油で揚げて売られている幻が浮かんで、目眩がした。ここなら西太后が肉団子に切った美女を糞壷で飼っても、始皇帝が捕えた王の妻母を眼前の大鍋で煮て羊羹にして喰わせても、もはや誰も異論は唱えられない。その精神の拷問でぼくは眼の前のエリートの耳朶に、遂にぼくの大審問官物語を告白した。

「モモコが働いてたパブのビルで殺人事件がありましてね。ジパングの館っていう表から観るとまるで霞ヶ関の大法廷みたいに威厳があるけど、中は性産業のビルです。女装クラブ、SMパブ、ゲイバー、覗き部屋、ダイヤルQにオナニーテープ流し、ニューハーフ売春、夫婦交換のスワッピング社交クラブ……。覗き部屋ってのは、丸い女の部屋があるんです。その中で落ちぶれた女優が透けた下着で自慰やら私生活を演技するんでしてね。その周りに個室が連なってて、マジックミラーで中が視れてティッシュが置いてあるんです。独りになって安心して、中の元大歌手や、別の個室ではビデオ画面の中の美少女やアニメのアイドルに射出するんです。女優は白痴的な顔で微笑んで、もう四十路なんですが、かつては子供番組で白雪姫なんかして数千万人の視聴者を虜にした清純歌手でした。歌番組の目玉で、映画やドラマに主演して、街中のポスター、プロマイド、写真集、雑誌の表紙を占領しても水着にもならないで、大劇場のスポットライトの拍手喝采熱狂の嵐の上の処女神でした。それが今は、垂れかかった乳房や少し出た下腹部を含め全身を薄いストッキングそっくりのボディースーツで丸見えにして、何時間もその丸い部屋の中で、忘れられ捨てられた未亡人の淋しく狂おしい熱い一夜の慰みを演じているんです。昔に、中学の友人が大ファンで、その大女神のポスター部屋中に貼って、切り抜き、プロマイド、レコードに埋もれて悶え、全国のコンサート追いかけて、一枚のサインを宝物にして殉教者の笑顔で病死した事もありましたねえ」

モモコのいるパブで、一人のシーメールが死にました。アジアの母国のトップの大学を一番で卒業して留学してきた就学生で、日本語堪能どころか、源氏物語にしばしば出てくる女達の摂食障害と流行の拒食症と母権制の関係を論じられるほどでね。不幸なのは美形すぎたことで、ビザが切れて、黒社会にシーメールに加工されてしまいました。ミスコンテストに何度も優勝した美女でした。

それが虐殺されて外交問題になって父が視察に行く事になって、〈勝手に稼ぎに来たんだ。差別や虐待、労基法や就労規則違反なんてないんだ……〉ってぼくを霞ヶ関の執務室に呼んで部下に口走ったのが、さっき錯乱して叫んだ座談会や意見云々でしてね。新宿ヒルトンの粋な和室の白い光や住友や三井の超高層ビル群を横目に、初台インターの高所から猥雑な歌舞伎町裏のアジア人地区に乗りつけて館の中を存分に視ました。

例えば社交クラブ。といっても色々あって、最近受けてるのは女装レズプレーって奴なんか、男が女装して女とレズするんです。店長が言うには、すると面白く、どんな男、ごっついのも猛々しいのも、必ず鼻からあああんと抜ける女の喘ぎ声をあげちゃうって笑うんですよ、ははは、人間は面白いもので。

むろんビデオはレンタルも、さっきの個室も盛んでしてね。中身は前に言ったよう日本の縮図です。セーラー服の美少女が白い肌をぽっくり拡げて、鷗外の幕末小説並みに切腹して内臓ずり出したり、うふふふ。知り合いの監督に売り込みに来て面接してんの一緒にやりましてね。ミスコン優勝級の美女の女子大生がどんどん入って来て、NG一切なし、本番、アナル、糞尿もいいってあっさり笑うんです。

〈かけるのも飲ますのも？〉

〈もっちろん〉

〈かけられるのも？〉

〈オッケーですよ〉

〈飲んで食べるのも？〉

〈いいでーす〉

ってね。そんな返事確認しないで処女や人妻や、元トップアイドルや幼女もやってドキュメント風に撮りもしますけどね。その画面の饗宴に個室で恋慕して発射して本物の女を恋せなくなったりやれなくなったりね。

女に発情しなくなると、さっきのプレーや女装や、海外性転換手術も斡旋します。睾丸抜いて袋残してひらひらつくって、海綿体と頭取って皮残して穴あいたところに裏返すんです。は は、兄妹が姉弟になって交尾するの撮ったりね。

案内して一週間位してから、ぼくはたまたまハイビジョンを観てました。精神病理学が必要な世界なんですがアメリカと違って偏見があるんで、代わりに深層心理学が流行してましてね。ちょうどその館をルポしてたんです。今、新宿リトルアジアってありまして。ヒンズーや中国語が公用語で、職安通りから大久保通りにかけての〈国際通り〉なんていう外人娼婦街に建ってましてね。日本の若い女にとってはエステの一時間の料金、数百グラム痩せるための投資の何万円かでアジアの女は一生故国で食えるんで、当然、モモコみたいな遅滞女やアジア人のシーメールの聖地です。

まず女装クラブ。そのアジアのシーメールの写真集も売ってます。看護婦やセーラー服の征服から透けた穴あきの下着まで。化粧室ではプロがメイクして鬘を被せてくれる。同好者用のサロン。家に持って帰れない人のための貸ロッカー。通販カタログ。会費の情報誌。その店長が画面一杯にでました。

〈うちのお客様は弁護士、文化人、政財界から役人自衛官まで超一流の人ばかりです。男を捨て自分でふぐりなしに変身することで、過去のすべてを捨てることで心の病がみんな治ります。流行りの抑うつ症も過労死もOA症も薬物もバーンナウトも心身症も疲労症も健康病の心気症も、どんな病院や薬より効きます〉

ってね。

色々店を紹介して、最後に〈赤ん坊の部屋〉ってのに入ったんです。個室でね。金髪の外人女が革装束でいます。その前にベッドの上には大の男がおむつ一枚で大の字になって寝てましてね。蛙みたいに両脚を拡げて、ばたばたして泣いてるんです。それを女が乳房から母乳を吸わせてやる。哺乳瓶やゴム乳首を口にくわえさせて、よだれかけやらベビーパウダーやオイルぬりを世話してやる。そして最後は、糞尿まみれのおしめ一枚の中で、ばたばた甘え泣きながら、射精したんですが……仮面をしてましたが、どうも肥満体、声、なんかから観ると……」

書記官は、ぐっと蒼ざめた。

「忠雄先生だったんですね……」

「どうもね」

尊大な自負は項垂れて首を振った。

「わかりました……背徳の方程式が見えました。表面だけ見てもわからなかった。栄光のローマの見せ物殺しあいコロシアムか。……この地の果てこそが真実、失われた真実かもしれない……もう終わりですね、入りましょう」

もう一つ、やはり客の多いところに入った。汚ない。開襟シャツ一枚に半ズボンやステテコのようなものを身につけた色黒の男達が、土間にひしめき合っていた。

予感、はしていた。

四人は色とりどりのターバンを破砕するよう突進した。

くわっと曙光が昇るように檜舞台が忽然と視界に入った。

「ううっ」

忠雄が地獄の唸りで白髪になった。

「やっぱり……」

ぼくは玉砕した。頭の中が土砂降りになった。巨大な波動が頭を蚕食した。何かが大きく自裁した。

「わあっ」

モモコの眼が武装してぎらついた。彼女もMの磁力の炸裂で変容したように見えた。

四人は、しばし硬直して黄金寺院の舞台をじっと反芻し審判した。

舞台には、一人の恭順な女がいた。両手両脚と耳、舌、両胸もえぐり取られている。切り口は少しふくらみ丸っぽく横にちょっと拡がり、ぎょうざのように見える。そこをくっきりと、十字の連なりで縫った跡が浮いている。ケロイドになって。へらへらしながら、女はよだれを流している。巨大な、毛むくじゃらの猛禽みたいな男にもてあそばれ、巨根をねじこまれて、喜悦のきしみ声を上げていた。避妊具も付けず生のまま。恐らく手術をして、子宮と卵巣を切り取ったのだろう。女は、くねくねよがった。いも虫のように。

「あねき！……」

ぼくは叫んだ。

音のない巨大な風圧が四人の大脳を洗い染めた。

「違う、違う……」

夢幻状態の忠雄のMの中にMの暴風が恍惚と侵略し、今度こそ完全に心を別世界に吹き散らし去った。回復、することは不可能だ。

「ぐるうるう……」

モモコの瞳が野獣になって煌めいた。強烈すぎるMとMが化学反応をおこして、ツーテンジャックの逆説をひきおこしたのか、急に理智と残忍と敏捷な四肢に変態した。

「あねき……」

肝心のぼくの心はまだ計算中だった。忠雄の方程式かモモコの方程式か……つまりSが強烈なMの電撃で累乗されるのか、逆にMになってしまう魔術的転換の奇跡を演算するのか――。

忠雄が崩れた。横に倒れて合掌して「神さま」と、失禁した。書記官は警察を呼びにかけ出した。モモコとぼくは舞台の上にかけ上がった。

モーモーと、舌をぬかれた女、現代の宝珠、貴子はよだれを流しながら、何もわからずただ喜んで無防備に、血まみれの大陰核を毛虫のように躍らせていた。本当に、インド画のどぎつい蛇女そっくりの、くねくねの肉の大きな大きな穴がどろどろにうねっている。

美しかった。

この上もない快楽——最大の美、エロスを感じた。つまり、大逆転だった。ぼくの音律はMだった。それが証明されたのだ。

すさまじい強迫観念が頭の中を急襲占拠した。

ぼくが自分の部屋で、姉の下着を付けて化粧をして美しいシーメールに生体加工させられて、鏡を見ながら熱い息で幸福な自瀆に浸っている。

「自分が……好きだ。汚してくれ。惨めで去勢されたこの豚を虐待してくれ」

薄物のパンストに穴をあけて、小さな真性包茎の陰部のみをそこから出している。

よがり、くねり、自分の醜さに酔いに酔う。

そこに高貴な姉が突然Sに変化したモモコと二人で入って来る。

「何してんのよ、この変態！」

そう言って二人でぼくの一物をなぶり、縛り、とことんおとしめて叱り罵りながらも手淫を手伝い何度も射精させるのだ。

「こんなに小さいのに、ぱんぱんに立って張っちゃって、浅ましいわねぇ」

「いつもこんなことをしてるの。豚ね」

「まったく親を呼んできてじっくりと舐めるように観せてやりたいよ」

「それよりもその痴態を写真に撮って街中に貼って、手配書みたいに印刷して世界中に嫌ってほど山のようにばら撒いてやりたいよ！」

強迫観念——は、ぼくに至福のMの判決を下してくれた。

ぼくは当然、眼の前で蛇になった貴子にではなく、逆にその姿になった自分を二重映しにすることで、自分の強烈なMに感電して性の悦楽の頂点に昇りつめた。

正反対にSになったモモコは剣の眼窩で仁王立ちしていた。しっかりと二本の脚で立っている。

ぼくとモモコは完全に反転した。貴子の強烈な惨姿のショックは二人のSとMを逆さにした。いや、二人の心すべてがSFエロアニメのように躰を残して入れ替ったと言ってもいい。モモコはロダンさえその美にたじろいだ攻撃的で躍動するシヴァ彫像に化身し、逆にぼくは赤ん坊の遅滞者になって涎を流して何も解らなくなった。

「綺麗……可愛がってあげるわね、わたしの赤ちゃん。今そこに行くわ。その惨めな血だらけの生殖器を愛してあげるわ。このわたしが天使みたいに」

モモコが哄笑した。

代わりにぼくは馬鹿になって立っていた。

痴呆になった僕の内奥の底で、Mが亀頭のやわらかな粘膜をひきちぎって、猛然と噴火した。

毛穴の一つ一つから精液がほとばしり出た。そのどろどろの膜は透明にぼくの全身を覆い、脅し、うち倒した。洪水となった熱湯の粘液の中でおぼれあがいて、ぼくは微動だにしないで立つモモコの横で、ただ新しい快楽に酔いしれた。

……そしてあとは、警察や大使や客や小屋関係者の罵声だけで、どうなったかよく覚えていない。ただモモコが、この上もなく残酷な無垢の勝者の顔で、手足のない牛女、性の奴隷、永遠の迷子になった言葉も喋れない肉塊のMの貴子の惨めにやせこけた下腹部に、性交するようにまろやかで美しすぎる鋭い美の頬をそっとあてがって、その痛ましい血まみれの傷をいやすように微笑みながら子守歌を口ずさんで、弄んで舐めて愛撫しているのが、仄かに見えた。

# 人形——暗さの完成

色どりのない恐ろしく広い空間に、無機的なスピーカーからの人の声が、響いている。余りにも抑揚のない声なので、その言葉の内容をいちく注意深く判断しないと、まるで一種の粗雑な機械音を聞いている様な気にさえなる。

白く綺麗な壁、美的な換気装置、冷暖房、スマートな音響設備、ピカくに光る数百の机──後ろの方の席に、僕は座っている。痩せた体、ブランドや流行に縁のない服、暗い顔、目つき、低い背。他の背景とは、対照的だ。

隣には、知らない人間が座っている。二、三人の男達だ。小声で何かの話題に興じている。車、女、ファッション、流行、スポーツの話。楽しそうだ。個性のない顔つき。この広い空間の雰囲気に、ぴったりと溶け込んでいる。他の全生徒と、同じ顔つきだ。僕は彼らの同色彩の表情を、人形の様だと、思ってしまう。

先程から僕は、一寸前に座っている二人の人間の後ろ姿にその虚ろな視線を投げ掛けている。Y子とMが、隣同士に腰を降ろして、デートよろしく顔を向き合ってお喋りを楽しんでいる。何も知らない人間が見たら、文句なく恋人同士の甘い語らい、と判断した事だろう。その光景を、僕はじっと見詰めているのだ。

僕は、二人を知らない訳ではない。それ所か、Mは時々、僕のアパートにも遊びに来る。友人、と呼んでも差し支えない関係だ。M、とはサークルで知り合った。陽気な男で、会話も広い。友人も多く【二行半不明】

廃的に僕の方に寄り掛からせてきた（それが何を意味したのかは、今もって分からないのだが）事もある様な、間柄だ。

が、Y子との、今の状況は違う。ただ分かっているのは、疎遠になった、と云う事だけだ。最近は、彼女とは会いもしないいし、当然会話もない。併しそれでも、僕はオプチミスティックにY子は自分の恋人だと思っていた。屈託のない明るい顔つきで、幾人もの男達と平気で浮き名を流す様な性格を、僕は理解出来なかった。一対一の誠実な関係を、僕は夢見ていた。いかなる性格も心の底では、自分の様な気持ちを抱いているのだと、信じていた。

ところが、現実はこの通りだ。Y子は、確実に僕と云う存在を忘れている。僕は二人の後ろ姿をぼんやりと眺めながら、ピエロでしかありえない惨めな自分を激しく自虐し卑下する。

「やっぱり彼女は……そうだ、当たり前だ。僕には、荷が重過ぎた。考えてもみろ。バカにされこそすれ、とてもじゃないがこんなつまらないだけの男が、彼女の心を縛って【二字不明】

事が出来る訳ないじゃないか。僕は、古い人間だ。黴臭い骨董品だ。流行も好きになれなければ、会話も貧弱だ。陰気で友人も少ない。付き合っていて、全く面白くない。遊び場所も知らない。あるものと言えば、偏執狂じみた、片寄った一方的な情熱位のものだ……僕は、取り残されている。……でも、僕一人が浮き上がっている。僕だけが、違う人間だ。卑屈で悲惨な異邦人だ」

授業が、終る。数百の人影が、末期の波の様に懶惰に流れ出る。力ない騒つき。机と椅子がぶつかる金属音。スクリーンにゆっくりと投映されたフィルムの様に単調に、無感覚な手足が動めく。Y子とMが、ごく自然に別れて、別々に出口の方に歩き始める。

僕も流れに従って歩きつつ、一寸離れた所から、二人の背を見た。Mは、僕とは対照的な体格のいい背中を晒している。Y子は、僕とは不似合いな素晴しいプロポーションと高い背を人波の中に飾っている。少ししてから僕は一寸迷って、Mの方に近寄って行って、声をかけた。何故直接Y子に声をかけないんだと、卑怯な自分に嫌悪を感じつつ。

Mは、いつもの通り健康的で陽気な顔を造ってみせる。そして、喋り出す。冗談と世間話に色どられた、有り触れたお話だ。甲高い笑い声。僕も仮面的な顔つきで、それに答えながら歩く。しばしの会話が続いて、無気力に足を動かしつつ僕は、冗談気にY子の悪口を言ってみる。

駆け引きだ。相手はどう出るか？――さて、Mは乗ってきた。そう言えばさっき偶然隣に座って話をしたばかりだよと健康的に笑いながら、MはY子の男の噂をカリカチュアして喋ってみせる。

「どうしようもねえ女だよ、あれは。お前なんか気を付けろよ、食われちゃうぜ」

話を続けながら、僕達は校舎を出て、キャンパスを歩いた。僕はMの話に悩みつつ、Mは自分の冗談に笑いつつ。

生徒達が、広いキャンパスに生気のない顔で散らばっている。実に多くの木々、遠方には山、虫の泣き声。さすがは都心から離れたキャンパスだ。学校らしくない。巨大な公園の様に思える。生徒も校舎も、何もかもが驚く程綺麗で、立て看板一つない。情熱やいきいきした息吹きが根気良く去勢されている。空気が、静かに死んで横たわっている。

何人かの人間が、明るい顔で屯していた。Mの友人だ。Mは大声で笑い叫びつつ、僕を残してその知り合い達の方へと歩いて行った。僕は、何も言わずに薄く微笑みながらそれを見送り、一人で黙って校門を出た。

ここから駅まで、大分歩かねばならない。人家がほとんどない泥道や畑の中を、寂し気に歩くのが僕は好きだ。Y子との過去を、自分では甘く幸せだったと信じるその思い出を、味わう様に想起しつつ、歩くのだ。

☆

僕の住むアパートは、大学から電車で一時間程の、こちらは一応は東京の中にある。アルバイトの関係で、学校の近くに住むのはきついのだ。田圃のまん中に下宿したのでは、働き口を探すのも容易ではない。

清掃や本整理のバイトを終え、夜になると僕はそこへ帰って行く。木で出来た簡素な戸を開けて、靴が幾つも並べられた暗い玄関で靴を脱ぐ。新聞を取り階段を上がり、まがりなりにも自分の城たる四畳半の部屋へと入る。

そして、電気をつける。陰気な部屋。ポスターが幾つか貼ってある。それが、僕に全く似合わない流行歌手のポスターだったりする所が、何とも可笑しい。要するに僕は、けばけばしく笑う女性歌手のポスターなどを貼る事で、少しでも部屋を明るくみせたかったのだ。が、それは僕の意に叶う所か、ただ部屋に不釣り合いなだけの滑稽で不気味な印象のみを与えている。——スチール製の安物の本棚が一つ。小さな炬燵が一つ。安っぽい食器棚が一つ。白黒のテレビとラジオカセットが、ほとんど唯一の財産と言っていい。天井はくすんでいる。古い造りだ。

窓は磨りガラス。壁の隅には、原型を止めない蜘蛛の巣の廃虚。どう見ても、陰気で暗い。ポスターの毒々しさだけが、あざ笑う様に浮き上がっている。

僕は、まず湯を沸かす。これは、日課だ。帰って来て必ずやる。そして炬燵に猫背に座る。今日一日の事を回想する。すぐに頭に浮かんで来るのは、もち論Y子の事だ。

Mとの関係については、安心した。が、その甘い思いを押し潰す様に、不安が脳髄を占領する。彼女の男との噂は、よく耳に入ってくる。生まれつき、派手な女なのだ。服装は、毎日違う。一体、何着持っているのだろう？　どこか他の女達よりも、垢抜けている。あれでは、世の男達が放っておく筈もない。

考えてみれば、この僕の様なつまらない男とデートなどしてみたのは、何かの間違いだったのだろう。冗談か、からかいだったのかも知れない。一寸毛色の変わった子供と、遊んでみたかったのだろう。そして、その結末はこうだ。全くの必然。遊びは、終ったのだ。もう僕になど見向きもしない。女王は去ったのだ。僕はただ一人惨めの海に取り残され、忘れ去られた。もう、何も残ってなどいやしない。

僕はガスの火を止め、コーヒーを飲んでから、テレビをつけた。が、少し見詰めただけで、衝動的に消した。ラジオをつけた。併し、これにも興味が持てずに、すぐに消した。本を手にした。教科書やノートを広げてみた。これも駄目だ。結局、どれにも集中出来ない。

「駄目だ。他の事に情熱が湧かない」

仕方なく、Y子の事だけを考えてみようと、ノートを取り出す。彼女との事、頭の中でもぞもぞと這いずり回っている混乱した事を、ノートに整理してみようと思ったのだ。

まず、過去について。
一、確かに一時は彼女の心を僕のものにした筈。
二、彼女は肉体関係を望んだ。そして、a、僕がそれに反応しなかった由に、彼女の心は醒めた。b、僕が彼女の事を好きでないと彼女が錯覚して、彼女自身が自らのプライド由に身を引いた。
三、彼女は僕をからかっただけ。
四、何か、他の理由で僕に近づきたかった。その理由、a、他の男と接近する手段として。b、僕を誘惑出来るか出来ないか、誰かと賭をした。c、僕に金があると勘違いした。
五、友人以上として見られていなかった。
六、美人の気まぐれ。
七、一切は冗談だった。

そして現在。
一、僕の気持ちを引く為、わざと僕を無視し、離れようと努めている。
二、僕に興味がなくなった。
三、どうでもいい事なので、きれいに忘れた。
四、僕を嫌いになった。恋心なんて一瞬にして醒めるものだから。
五、他にやる事がある。
六、他の男を好きになった。
七、当初の計画通り、遊びをやめただけ。
そして未来。
いや、やめよう。これは、僕次第だ。

このくだらない試みは、結局何も生みはしなかった。過去は二のbで現在は一や五だとは、まず思えなかった。過去の三や四や七、現在の三や六や七ばかりが、目に焼き付いた。
そうしているうちにも、焼きもち、胸騒ぎは僕の胸の中を踊り回る。不安。一刻もじっとしていられない程の焦燥感。次から次へと、悪い予感だけが頭に浮かんで来る。Y子と他の男が寄り添っている光景が、強迫観念の様な強引さで僕の頭に投映される。

僕は溜め息をついて、横になる。緑色の絨毯の上に怠惰に寝そべって、所々罅割れた壁を見る。

「小心者め。これじゃあ、恋じゃない。偶像崇拝だ。憧憬だ。絶望的な憧れだ」


雨が、ぱらついて来た。疲れた心を突き刺す様な音で。不安が、増幅した。孤独感が増した。何も手につかない。やりきれない。地獄だ。じっとしているのが、いたたまれなくなった。

僕は、幽霊の様に力なく立ち上がる。そして、小銭をポケットに入れる。傘を持って、戸を開けた。薄暗い玄関に駆け降りて行った。再び戸を押し開けて傘をパッと開く。雨の夜道を、歩き始めた。


外は、静かだ。住宅街。まだ昔の東京の面影が残っている。垣根が、雨に濡れてなまめかしく光っている。急な雨に、走る人々。まだ九月だと云うのに、蟋蟀の声。水銀灯の光の中に浮かび上がる落葉。木の電柱が、傷だらけの老貌を晒している。狭い道に立て掛けられた古い型の自転車が、キラ〱光っている。

赤電話が、あった。古臭い煙草屋の前に。僕は、近づいて行った。

Y子に電話を掛けよう。僕は、決心した。ここで掛けなければ、又部屋に帰って、何時間も何も手につかずに、地獄の時を過ごさねばならないのだ。それは、今ここで電話を掛けるよりも、ずっと辛い。ならば、いっそ思い切って一時の恥をかいた方がまだましじゃないかと、僕は計算したのだ。

受話器を、ゆっくりと取った。金を、入れた。

「五……八……三……の……」

Y子の電話番号。二、三回しか掛けた事がないのに、もうすっかり暗記している。

呼び出しの機械音。ガチャッと音がする。僕の心臓音は、この上もなく高まる。

「あ……もしく。Y子さんいらっしゃいますでしょうか――」

我ながら嫌になる程丁寧だ。それに対する、冷たい声の返答。誰だろう。母親だろうか。お手伝いさんだろうか。返答し慣れている感じだ。

「あ……そうですか。どうも――」

声の主によると、「今夜も」いないそうだ。僕は、空しい足を引きずって、自分の部屋へ帰る。

「どうせ、男と遊び歩いているんだ……今夜も、か。笑わせるな、畜生！」

僕は、帰る道すがら、投げやりな調子で歌を口ずさんだ。ワイマール共和国で流行った曲だ。

「私は一人の男とは寝ないの。多勢の男と寝るの。それが現代風だから――」

部屋に帰って、僕は頭を抱える。Y子に対する情熱がますく高まって行くのが、自分でも分かった。心理の魔術だ。相手が自分に対してより冷酷であると知れば知る程、相手が欲しくなるのだ。

雨だれの残酷な音を耳に流しながら、僕は熱を忘れる為に、万年床に身を投げ入れて寝る事にする。

電気を消し、瞼に強烈に浮かんで来るY子の姿態に絶望と幸福の入り交った混乱した気持ちを感じながら、その薄れ行く意識の中で、僕は取り憑かれた様に一つの言葉のみを繰り返す。

「なんて弱い人間なんだろう。この僕って奴は……」

☆

久々に、僕はサークル部室に足を進めてみた。サークル、と言っても、看板通りの活動を熱心にやっている人間などいない。要するに、軽薄な一種の社交場だ。友人や恋人造りが、目的なのだ。暇人が、そんな目的で漠然と、気の抜けた顔をして足を引き摺って来る所だと思えば間違いはない。

由に、集っている人間と云えば、いつも部屋の中で冗談やくだらない世間話に興じている。月並みな笑い。悪口。愚痴。皮肉。底の浅い流行の話――そしてそんな時僕はと云えば、いつも話から取り残されてしまう。嫌いな話題に入るのは御免だ。だから仕方なく、部屋の隅の折り畳みの出来るスチール製の灰色の椅子に座って、そこら辺に雑然と積まれている雑誌でも読んでいる事になる。へんに、気取った顔で。

いずれにしろ、所詮好きになれぬ所だ。が、ここには時折Y子が来る。それがなければ、誰が好き好んでこんなつまらない種属の屯する所になど来るものか。わざ〲、恥などをかきに。

出来たばかりの、校庭の隅の小綺麗なサークル棟へと、足を進める。落書き一つない。廊下を歩いて、部室へと何食わぬ顔で入る。

煙で描かれた紫色に、部屋の空気が染まっている。ゆら〲と踊る煙の姿態は、無気力そうに退廃的だ。少し離れた所から聞こえる、バンドの練習の音。ドラムの音がやかましい。綺麗なサッシの窓。戸にしろ部屋にしろ、僕の住むアパートの部屋よりも、数段綺麗でしっかりしている。大きさも、ずっと広い。

Mが、「よお」と声を掛けてくれる。この一言は、僕にとって有り難い。知らない顔ばかり居て、部屋に入っても無視されたら、これ以上惨めな事はない。
四、五人の男が雑談をしている。Mの他は知らない顔だ。僕はいつもの様に一人ぽつんと、部屋の隅の椅子に腰を降ろす。連中の話題と云ったら、いつもの通りだ。一冊の月刊誌に三、四人の人間が群がって、個性の無いファッション談義をしている。併し結局とどのつまりは、雑誌の指定するファッションに落ち着くとくる訳だ。これが、我々の世代なのだ。
Mは、少し歩いて、棚の上から一冊の週刊誌を持って来る。そして、僕の目の前に置く。僕は、仰天した。Y子が、写っているのだ。素人の美人を表紙に使ったりする事は、良くある事だ。が、それが自分に身近な人間であったとしたら、やはりこれは正直に驚いてしまう。

Mが僕に、その表紙の事について一言二言喋った後に、一同の話題がY子に移った。派手女。尻軽女。女優にでもなりたがってんじゃないの。授業にもあんまり出ない。そう云えば最近はここにも余り来ないなあ――

併しそんな話は、僕の耳には入らない。少し震えた手で雑誌を手に取り、唾を飲み込みつつ、僕はじっと雑誌の表紙に見入った。最初に僕の胸を占領したのは、言い様もない満足感。そして不安。最後に混沌とした心理状態だ。

が、そのうちに再び話題が変わる。Mも含めて男達は、又飽きもせずに軽薄な流行の話を口にし始める。

その時、Y子が入って来た。

垢抜けた衣裳。やはりどこか光っている。雑誌を見た直後の先入観からかも知れないが、いずれにしろ僕はとっさにそう感じた。確かに、素人離れした格好だ。特に、最近はその傾向が段々とエスカレートして来た。僕がもぐらの様に一人、部屋に閉じ込もって悶々としている間に、彼女は凄く派手な格好をして街々を、誇らし気に闊歩している訳だ。

Y子は、僕と離れた椅子に座った。出入口に最も近い所だ。彼女の視線が、僕がとっさに机の上に置いた雑誌に注がれた。そして、明るい声を部屋中に響かせた。

「あら、それ、私が載ってたでしょ」

当然、一同の話題はその事へと移る。連中に、ポリシーなどない。話題は、空気の様にコロく変わるのだ。

編集部に、私宛てのファンレターが百通は来たと、彼女は、はしゃぎつつ語った。僕は、軽く感動した。かつて僕がその肩を強く抱いた女に、今、多くの男が空想的に恋しているのだ。何と甘美な話だろう。一同は、その話を延長して芸能界の話をし始めた。僕は、少しでも彼女に認められようと、卑屈な程明るい顔で、必死に話題に入ろうと努力した。が、いかんせん、そう云った事に無知だ。何度か、つまらぬ、馬鹿げた不自然な質問なり口を挿みなりして、その度に一同を白けさせた。Y子も、軽蔑の眼差しで、僕をちらっと見た。僕の惨めさを察してか、一人の男が軽く皮肉笑いをした。

そんな事もあってか、僕はますく落ち込み、ついにはいつもの様に見事に一同から取り残されてしまう。楽しく笑い合うY子やMをちらっと横目で見つつ、いつもの様に気取った顔で雑誌に視線を落とす。Y子が写っている奴とは別の雑誌を、然り気なく手に取って。

M達と僕とは、狭めようのない絶対の距離がある事を、感じる。こんな連中は嫌いなんだ、と僕は僕自身に言い聞かせる。負け惜しみ。そうである事位は、自分でも良く分かっている。

Mが、僕の事を思ってか、会話の途中で僕に、一言だけ話しかける。僕は、急に質問されたので驚き慌ててしまい、喉が詰まって不自然な返答をやらかしてしまう。


そうして魔の二時間程が過ぎ、僕はひっそりと席を立つ。冷静な振りをして、気取った顔で帰る事にする。Mが一言、「おっ、もう帰るのか」と言ってくれるだけだ。Y子は、僕の事を振り返って見てさえくれない。

戸をガタンと閉めたとたん、部屋の中からドッと笑い声がおこった。


勝手にするがいい！　サークル棟の廊下で、僕は小さな声で呟いた。

☆

サークル部室での屈辱は、僕のY子への恋心の炎に、油を注いだ。恋心なるものは、皮肉で魔術的だ。憎悪、屈辱と思慕の情は、同居しえるのだ。僕は、より彼女を恋してしまった。

Y子と会うのを避けつつ、僕は授業にひっそりと出る。現実の彼女を目にするのが恐い。夢の中の彼女を見続ける事で、満足するのだ。教授の話も聞かないで、僕は彼女の事を夢想し続ける。お笑いだ。この年で、もう夢に生きるのだ。

「思い出す。香水の薫り…… あの惨めな日の、彼女の服。素敵だった。黒のビニールコーティングのジャケット。その下も黒。彼女には黒が良く似合う。ネックレスが眩しかった。白く、堕天使の様な手の指に輝く指輪。なんて妖艶だったんだろう……彼女は、僕の事をどう思っているんだろう。自分の、世界を彼女は縦横に生きている。理想に向かって歩いているあいつ。立派じゃないか。それに引き替え、この僕はどうだ。無能由に勝手に取り残されて、Y子は冷たい、非人間的だと、惨めに管を巻いてるんだ。浮き草だ。根無しデラシネだ。空中をふらく〳〵と浮遊する埃だ。僕は、一体、何をやっていると、やったと云うんだ？　何が残った？」

ノートも開かない。教科書も開かない。頭を机の上に無様に投げ置いて、考え続ける。

「僕には、勇気がない。何も出来ない。人間そのものが狭い。正直でない。気取り屋だ。気取って、立ち止まって、卑屈に笑って自虐して、そして一歩も前に進まない。惨めだ。何故、正直に、一途に突進出来ないんだ。性格だ。短気ではあるが、剛気ではない……ああ、香水の臭いを想い出す。運、なんて、信じたくない。何もかもが、この自分一人の手の中にあると、信じたい。進みたい。倒れ死ぬまで進みたい。が――」

授業は、そして幻の様に終ってしまう。僕は、鉛の様な手足でノート類を片付け、アパートへと帰る。バイトは、ここ二、三日やっていない。全く、やる気が起きないのだ。

「現実は、こんな僕と全く歯車が噛み合わない。そして、僕は又、一人浮き上がってしまう。失意。最後は、ピエロだ……ああ、あの馨しい香水の香り！」

その日は、少し酒を飲んだ。やりきれなくて。

赤い顔をして、アルコール臭い息をして、気が大きくなった僕は一人で暗くなった夜道を歩いた。遠くで、犬が鳴いた。綺麗な月だ。狭い道。雑草が秋風に優しく揺れる。人の全然いない空間は、好きだ。僕はきっと人間が、嫌いなのだ。

建築現場の前を通った。まだ完成していない木造の家。剥き出しの木の骨組み。玄関前のコンクリート。真新しい木が、暗闇の中に浮かび上がっている。新鮮な臭いが、鼻につく。未完成なその姿に、僕は仲間意識を感じる。

衝動的に、僕はその家の中に入ってみようと思う。気が大きくなっていたのだ。玄関。外から丸見えのがらんどうの空間で、僕は軽くおじぎをする。階段。足早にのぼる。四方の視界が段々と開けてくる。二階だ。散乱する大鋸屑。ひんやりとした空気。僕はしばし座って立膝を抱える。Y子の事を、想う。天空には、雲一つない。星が瞬いている。甘美だ。眩し過ぎる。

「僕はY子が好きだ。愛してる——可愛い君を、抱きしめたい」

目の前の立木が、微風に撫でられて、サラサラと笑う様に音をたてた。でも、僕は気にしない。一諸に、笑った。

少しして、僕は虚ろな目であたりを見回した。ぶつ〳〵と一人言を言いながら。

一つの綺麗な木片を、発見した。細長い、柱の余った部分だろうか。十数センチ四方の正方形が切り口で、長さは三十センチ程だ。僕は、酔っぱらい特有の無邪気な仕草で、その木片を抱いた。美しいものに、僕は心を魅かれた。それは、僕自身が美しくなかったからだろうか。やがて、何のためらいもなく僕は、その木片を持って帰ってしまう。

部屋に帰って、明りをつける。孤独な部屋。暗い臭い。木片だけが、美しく輝いて、部屋の中に浮かび上がる。その輝きに、僕はしばし立ったままで、見入った。

「この木片がY子ならいいのに」と、思ったのだ。

炬燵に座って、木片をじっと見詰めた。木片よY子になれ！　と真面目に念じた。Y子が、三十センチ程に縮小されてこの手の中に入って来たら、面白いと思ったのだ。そうしたら、僕は小さな彼女に、その三十センチ程の女王に、下僕として仕えてやる。机の上で、女王は化粧をする。引き出しの中の小さなベッドで、女王は眠る。僕は、宝石の様に彼女を珍重し、僕一人のものにして、引き出しの中にしまっておく。僕以外の、誰にも見せないで。

が、何十分たっても、木片は木片のままだ。Y子になど、なりはしない。

酔いも薄れて来て、段々と僕は現実的になって行った。現実的に、Y子になどなりはしないと、悟った。併し、それでも諦めきれない。情熱が先走る。木片をY子にしたいんだ、と。

――その直後に僕のとった行動は、引き出しの中から、ナイフを取り出す事だった。この前、あのサークル室で見た雑誌を、二冊も買っておいた。その雑誌を取り出して、表紙のY子を見た。僕の持つ彼女の写真は、これだけだ。その写真を見つつ、僕はすぐにもナイフを木片に突き立てた。

彫刻を、しようと云うのだ。

☆

授業とアルバイトに出る時以外、僕は毎日熱心に木片にナイフを入れた。充実した、日々だった。生活に、目的が出来たのだ。まがりなりにも、僕は突進する目的を手に入れた。一途に前進する事は、やはり素晴らしい。

顔だけを、造るつもりだった。これだけでも大変な作業だ。とても全身を造る気力はなかった。木片は、硬くて彫りにくい。彫る道具も、ナイフしかない。作業は辛かった。が、僕はその作業のきつさそのものが、快楽に思えてならなかった。自分への満足を、人形への官能的な喜びを、感じた。

至誠天に通ず――この人形を完成させる事で、何故か何かが起こる様な気がした。一種の、願掛けだ。この惨めな状況に、現実のY子に何かが起こってくれるのではないかと、信じたのだ。彼女の為。何もかもが彼女の為だ。人形なんて、本当はどうでもいい。これは単なる道具なのだ。現実の彼女の為の。何もかもが、皆彼女の為の。

十日位、たったろうか。手には、タコと幾つかの軽い切り傷をつくった。

顔の輪郭が、出来上がってきた。顎と口は、割と簡単に出来た。一番苦労したのは、目だ。最も肝心な、目。これで表情が決まる。真剣な顔つきで、僕は彫った。絨毯の上に何枚もの新聞紙を広げて。ナイフの一彫り〳〵が、木屑の一片〳〵が、僕の恋心と復讐心を満足させた。

復讐心——四日前の、事だ。校庭のベンチで、Y子が知らない男といちゃつくのを、僕は目撃した。堂々と。幸福そうに。あたかも全生徒に見せつけるかの様に。

なんて、神経だろう。僕は怒った。そして怒りは、恋心と見事に融け合った。ドロ〳〵と、金属と金属が熔け合って合金を造る様にだ。

知らなければ、幸福なのかも知れない。何も見ず、何も聞かなければ僕は幸せな世界の中で過ごせたのかも知れない。併し、もう見てしまったのだ。僕は、仕方なく更に病的な熱心さで人形に情念を集中する。辛い作業は、他の事を忘れさせてくれる。それにこの木片でY子を造る事によって、僕は少しでも現実のY子を思わずに済むのだ。

顔だけ造ったら、その木片のままの体にあたる部分に、ナイフを突き立てて復讐するつもりだった。復讐。そうだこの情熱は、或る意味で復讐だ。美しく彫られた顔の下方の、新しいままの木片に、醜い傷を幾つもつけてやる。その事を夢見て、僕はナイフに力をいれた。この甘美な夢のおかげで、彫刻のスピードは、面白い様に速まった。

二週間がたち、人形の顔が完成する。

余りにも似ている為に、見詰めているだけで思わず笑いが込み上げて来る程だ。こう云った彫刻や似顔絵が似るか似ないかは、才能よりも、偶然に負う所が大きい。偶然、神秘的な力は、僕に味方した訳だ。僕は、最高の文句ない傑作を造り上げた。

満足して、僕は本棚に人形を飾った。当初の計画通り、ナイフで切りつけて復讐をする気は、なくなった。人形そのものに、情が移った。本当に、そこにもう一人のY子がいる様な気がしてきた。僕の夢の中のY子。あの、優しくて永遠に変わる事のないY子が、そこに居ると思えた。由にその人形の方のY子にも、愛情を感じた。本物のY子と同じ様に、僕にとってなくてはならぬものの様に思えた。それが、もう一人の人格の様な気さえしたのだ。

現実は、身勝手だ。何も、思うままにならない。が、人形は従順だ。勝手に動く事もなければ、裏切る事も逃げる事もない。こちらの方のY子は、確実に無言で僕を愛してくれる。

考えてみれば、悪いのはもう一人の方の、Y子だけじゃないか?

☆

もう一人のY子――

そして、僕は又、彼女が男といちゃついている様を見る。

この前とは別の男だ。男はY子の髪に手を入れている。Y子は全く平気で、やらせている。

それも、人前でだ。彼女は男にしなだれかかっている。二人の目の前では、数十人の学生がバックや教科書を抱えて、個性のない人形の様な顔つきで歩いている。彼女の目は潤み、色男の手はもぞ〳〵と毛虫の様に黒髪の中を動き回っている。ロボットの様な顔をした若い助教授が、何も言わずにすた〳〵とその前を通り過ぎる。僕は、綺麗な校舎の窓から、二人をじっと見た。いい天気だ。田舎特有のまっ青な空に、白い雲が散り〳〵に装飾されている。太陽が眩しい。驚く程綺麗な校舎や施設が、緑の群の中に漠として浮かび上がっている。不気味に広いキャンパス。スポーツの花ざかり。遠くの校舎が、霞がかって見える。全体的に疎らな人影。ベンチの上の二人だけが、元気に息づいている。

僕は、気取りつつ、冷静に〳〵と思って見物していた。が、やがて高ぶる気持ちを抑えきれず、綺麗な壁を蹴とばした。白く光る壁に黒い足跡をつけてから、僕はその日の残りの授業にも出ずに、バイトにも行かずに、一直線にアパートへと帰る事にした。

昼頃だ。まだ電車には人が少ない。機械的なアナウンス。人形の様に個性なく眠りこける乗客。生命でない様だ。僕は、一人輝いた目で腕を組み、じっと考える。ここでもそうだ。そしてあのサークル室でも、学校でも、仕事場でもそうだ。僕は、いつも必ず周囲の人間達との距離を感じてしまう。どうしても、周りの人間達の中に融け込めない。周りの人間が、動く事が出来るだけの、人形の様に思えてしまうのだ。人形。今僕が造っているのも人形だ。併しそちらの人形の方が、よほど血が通っている様にさえ思える。僕以外の人間。それが一個の巨大なシステムの上に配置された人形の様に思えてしまって、とても恐ろしくてそこに入って行けない様に思えるのだ。

「僕は、変人なんだろうか」

そんな事を、考える。

電車は、幾つもの駅を通り過ぎて行く。段々と、駅の周りが華やかになって行く。最初の方の駅は、駅の周りと云っても田圃や木々が平気であったり、柵がいい加減で、やろうと思えば只乗りも出来る様なのんびりとした風情だ。ホームの屋根も、無い。が、都心に近づくにつれ、次第に駅が立派になって来る。駅の周りに店やマーケットが目立つ様になる。人の数も、駅員の数も多くなって行く。そして最後の方になると、デパートやビル街に囲まれた幾本ものホームの姿が、冷厳と待ち構えているのだ。

僕は、窓の外をぼんやりと見詰める。そして、結局は何もかもは同じだと、思う。様々な人生がある、とは良く言われるセリフだ。が、僕に言わせれば、皆、同じなのだ。どの駅に佇む顔にも、生気が感じられない。とどのつまりそれは、僕とは無縁な世界。あの恐ろしい世界に過ぎないのだ。

僕は、アパートに辿り着く。新聞紙を広げる。そこに、Y子の人形を投げ置く。「畜生！」ナイフを振り翳して、メッタ突きにしてやろうと人形に踊り懸かる。

併し、そこまでだった。僕は、しばしそのままの姿勢で人形を見詰めていた。が、やがて段々と、心が優しくなって行くのに気付いた。人形が、誠実に微笑む人形が、いとおしく思えたのだ。その優しい顔を見るにつけ、可哀相に思えて仕方なくなった。僕は、ナイフを持った右手を力無く下げて、人形を抱き上げ、涙を流した。そして、僕も優しい顔をして、人形を見詰め返した。

僕は、決心した。次は体を彫ろうと、ナイフを木片に入れたのだ。もち論、裸体だ。裸のY子を造る事が、せめてものY子への復讐のつもりだった。——それと、そうしようと思った僕の心理に、エロチックな部分がなかったと言えば、それは嘘になるだろう。

☆

一週間で僕は、胸の所あたりまでを造り上げた。早い、と思うだろう。早い筈だ。なにしろもう、学校にもアルバイトにも、全く行っていない。今の僕にとって、この人形を完成させるまでは、何もしたくないし、それに何にも情熱が湧かないのだ。

今の僕は完全に、現実のY子と同じ位、人形のY子を愛していた。それが、自分でも良く判った。

金が余りないので、ロクなものを食べていない。痩せて来た。が、痩せ細る事さえ、今は心地良い。一種の、殉教者的な気持ちだ。

僕は、ちょっと手を休めた。買い置きの食料が、なくなった。買い置き、と言ってもインスタントラーメンばかりだ。最悪の食事、と思ってくれれば間違いはない。僕は、食料を買いにふらりと外へ出た。

昼頃だ。太陽の光が眩しい。栄養不良と日光のせいで、僕の足もとはふらつく。多くの人間達が、個性なく蠢めいている様がぼんやりと瞼に映る。車が行き来している。何もかもが無機的だ。僕は、マーケットへと入った。

黄色の籠を手にして、売場を歩く。毒々しく並び置かれた売物。無感覚に貼られた値段シール。僕は食パンを買い、インスタントラーメンを買う。それをレジに持って行く途中、全く何も考えずに衝動的に、レジの近くに置いてあった雑誌を立ち読みする。

一冊の男性雑誌を、パラ〳〵と捲くる。そして、僕は何気なく一枚のグラビアに見入った。どこかで見た顔だ。そうだ、それはY子だった。Y子は、見事な裸体を晒していた。僕の頭に、閃光が走った。彼女のスペースは、五、六ページだった。彼女はどこかの海岸で寝そべっていた。水着は着けていない。肌に付着した砂は光り、彼女は微笑んでいる。或いは腰から下を海に潰からせ、潤んだ目をして両手で髪をなで上げていた。又は、体に何も着けずにベッドの上で座っていた。大きな鏡に向ってこちらに背を向け、髪を梳かしていた。彼女独特の知的な顔。白い肌。長い首。初めて目にする乳房の形。知的な顔に似合わない豊かさだ。官能的によじ曲げられた肉体。透けて見える動脈。下腹の部分が、芸術的にまろやかな軽い曲線を誇っている。

僕は、何も分からなくなって見事に判断力を失いよろ〱しながら、心臓を高鳴らせてその雑誌も買い、急いでアパートへと戻った。ありえる事だ、と思いながら。

電気を、つける。朝だと云うのに、暗いからだ。新聞紙の上に、人形が寝ている。それを横目で見つつ、僕は雑誌を開いた。やはりY子だ。僕は、思わず呟いた。

「なんて女だ」

この分なら、Y子は平気で男に抱かれた写真だって撮らせるだろうし、又、そう云った映画にだって出かねないと、ぼくは直感的に思った。

「やりかねないな、Y子なら」

だがそうやって写真を見詰めながら、以外に冷めている自分に気付いて、驚いた。確かに、一時は興奮し、困惑した。が、今は違う。冷めている。負け惜しみでもポーズでもなく、確かに冷めてしまっている。

「これだけなのか？」

何故もっと深いショックをうけないんだと、僕は冷静過ぎる自分に自問した。たった数分。それで終りだ。僕はもう冷静になった。写真の中の凄い格好のY子を見ても、何とも思えない。何の感慨も、湧いてこない。

「何故もっと騒がない。もんどりうって、転げ回って、喚かない。お前の崇拝する女王が、惨めに一糸纏わぬ格好を晒してるんだぞ！　数百万の男の猟奇の目が、Y子の全身に注がれるんだぞ。何故泣かぬ？　何故死なぬ？　カメラマンや助手達は、お前の愛するY子の全身全てを隈なく眺め回しただろう。彼女は、素っ裸になって砂浜やベッドの上で身をくねらせ、転がっただろう。何故、もっと深いショックをうけないんだ。たったこれだけのショックで、終りなのか——」

奇妙な事だが、その後に僕の頭にまず第一に浮かんで来た事と言えば、なんと人形の事だった。この写真のおかげで彫刻がやりやすくなる。これは便利だ。ついてるぞ。と、本当に、そう思った。

「こんな時に、人形の事か。お前は、何を考えてるんだ。頭がおかしくなったのか？」

不思議な話だが、本物のY子よりも、人形のY子の方に、興味が移っていたのかも知れない。

その写真を、人形の為の「道具」としてしか思えなくなっている自分に、気付いた。

それと同時に僕は、いつしか右手にナイフを持って、取り憑かれた様に人形に向かっている自分にも、気付いた。驚き。こみ上げて来るおかしさ。僕は、投げやりな顔で、笑った。

☆

一ヶ月が、たった。

豊満な胸は見事に表現され、括れたウエストも彫り上げられた。次は、下半身だった。

併しもう僕は、エロチックな感情を、全く抱いていない。むしろ、神聖な気持ちだ。造っていて、欲情を感じる事もなくなった。いやらしい線を出す気分も吹き飛び、美、夢そのものを追求する野望に取り憑かれていた。

不要な、誇張された肉を削り落とした。僕の頭の中にある夢そのものを造り上げようと、僕は外にもほとんど出ずに、ただひたすらにナイフを握った。

かつて僕は、自らを弱い人間だと言った。が、それは間違いであった事が、分かった。目的を得た僕は、異常な強さを発揮した。驚くべき精神力。驚くべき集中力。僕は動脈の一本く、指紋の一筋〳〵までをも、克明に彫刻した。ロクに睡眠もとらないで、毎日ひどいものを食べながら。

夢——仏像を彫る様な、神聖な気持ちだ。雑誌の写真も、ほとんど不要になった。肝心なのは、僕の頭の中にある理想を表現する事だ。人形は、段々と生き物の様に迫力を増して来る。痩せ細った顔にギラついた目をして、僕はただひたすら、彫り続ける。歯を食いしばる。手は傷だらけ、血だらけだ。

そんな時、偶然、MがY子を連れて、僕の部屋に遊びに来た。

Y子が来たのは、初めてだ。僕が学校にもサークルにも行かないので、どうしたのかと思って心配したMが、何の気なしにY子を連れて来たらしい。尤も、Y子とどこかへ遊びに行ったついでに、寄ってみたと云うのが本当の所かも知れないが。

僕は、戸の外からのMの声を聞くなり、電光石火のスピードで人形とナイフを引き出しに隠し入れた。そして新聞紙と木屑も、纏めて押し入れに投げ込んだ。

内鍵をあけてやる。二人は、入って来た。

「お前、どうしたんだよ。病気か」

「ああ、ちょっとね」

Y子を見ても、何も感じない。

「お邪魔します」

声を聞いても、ドキッともしない。全く、僕は冷静だ。

僕は二人に座蒲団を出した。MとY子は座った。Mは、冗談と世間話を切り出した。

Mが、頻りに世間話をして、大笑いする。当り障りのない、人の噂。僕は相槌を打つ。Y子も、冗談を言う。かつて僕と恋人的な関係などなかったかの様に、平気な顔をして喋る。女は、強い動物だ。男はロマンチストだから、昔ふった恋人の前で平然と冗談など言えやしない。併し女は、全く平気なのだ。人間の女程恐ろしい生物は他に絶対ないと、僕は断言出来る。が、僕はその事に動じなければ、ショックもうけない。どうと云う事はない、と思った。なにしろ僕の目にとって二人は、単なる肉の塊にしか映らなかったのだ。偶像？　これが僕の偶像であるなどとは、夢にも思えなかった。だから僕は平気で言葉を返し、冗談も言った。意識など、全くしなかった。三人は、平然と会話を続けた。気不味いムードなど微塵もなく。

MとY子が出来ているのは、傍目にも瞭然だった。僕がちょっとコーヒーの湯を沸かす為に席を離れたり、トイレに立ったりすると、二人は平気でいちゃついた。Mは、Y子の頬にキスをした。僕はそれを戸の隙間から見たが、どう云う訳か、何とも思わなかった。不思議な事に、全く嫉妬出来なかった。悔しいとも、畜生とも思えなかった。至極冷静に、シニカルに、見たのだ。

何でだ？　もうY子への恋心を失ってしまったのか。熱は冷めきったのか。だったら何故、こうして一生懸命Y子の人形など造ってるのだ？　無駄じゃないか。何の意味がある？　何の為にやってるのだ――僕は、用を足しながら考えた。仮にY子がMや他の男達と肉体関係を数限りなく繰り返していたとしても、それに対する怒りも絶望も感じられない様な気がした。感じろと命令されても、まず無理だと思った。僕は、どうにも結着の着かない気持ちのまま、部屋に帰った。


Y子は、二時間位して、用事があるから帰ると言い出した。高そうなブランド物の時計を、ちらっと見ながら。

「あ、時間だから帰るわ私。ちょっと用があるの。君はどうするの？　いてもいいわよ。いなさいよ、ここに。私一人で帰るから……じゃあね！」

そして、さっさと行ってしまう。Mは、残った。戸の音の直後に僕の側に近寄って、Mは小声で呟いた。

「お前……知ってるか。あいつが写真になったたって」

「表紙の奴か」僕はとぼけた。

「冗談じゃねえよ！　あんなもんじゃない。裸さ、裸。それも二回だ。二回」

「へえ」

「へえ、だって？　いやに冷静なんだな。お前だってY子の事を……いや、それはいいとして、だ。とに角俺は、三日は寝込んだね。あれ見て。一度目は海岸と部屋の中、二度目は早朝のビル街だ。畜生！　段々エスカレートして来やがる」

二度と云うのは初耳だ。が、興味が湧かない。見たいとも思わない。どうでもいい事だと、思った。

「それは、まだいいんだ。問題なのはそれからだ。まあ、良くある話さ。その写真がもとで、映画の話が来たんだ」

「映画なら、彼女喜んだだろう」

気の抜けた声で、僕は答える。早く人形の続きをやりたいと、そればかりを思う。

「ああ、喜んださ……本人は乗り気だ。その、映画ってのがまともな映画なら、俺も賛成だよ。けどな、お前。裸なんだよ、また裸！　それだけじゃない。男とのからみがふんだんにあるって云う代物なんだよ、そいつが！」

「ああ、ポルノか」気のない僕の声。

Mは憮然とした表情を造る。

「はっきり言うなよ。俺は参ってるんだ、この事で」

「いいんじゃないの」

僕は、答える。本心だ。本当に、別に構わないと思えた。

「そうはいかねえよ！　俺は絶対にやめさせるね。誰がなんたってやめさせる。絶対に、許さん！」

Mは、鼻の穴を脹らませる。興奮している。それに引き替え僕は、驚く程冷静だ。

「今日は、邪魔したな。まあ、早く元気になって、早く学校に出て来いよ」

少したって、Mは席を立った。


Mが帰った後、僕はすぐにも人形やナイフを取り出して、仕事の続きにかかった。ナイフを持つ右手は、以前と変わりなく情熱的に動く。僕は、自問した。

「もし彼女に対して熱が冷めたのなら、何故人形など造ってるんだ？」

併し、人形造りをやめる気など起きない。右手を動かす事は、彫り続ける事は、最大の幸福だ。それは確実に分かる。Y子と話をしている時よりも、明らかに幸福だ。

「Y子への、熱は冷めた。これは確実だ。彼女が素っ裸で街を歩こうが転がろうが、全くどうも思わない。肉の塊にしか思えない。香水の臭いも、鼻につくだけだ。顔も欠点ばかりが目につく——」

尻の曲線を彫る。手は動き続ける。最高の曲線が、完成していく。僕は愀然とする。

「感動だ——恋心そのものが、なくなった訳じゃない。魂は、未だ熱い。だとしたら、一体誰を恋しているんだ。誰だ。そんな女性がいたか？　どこに、どこにいるんだ？」

僕の目に、人形が映った。ハッ、とした。それが、解答だった。

☆

再び一ヶ月が、たった。十二月だ。寒さが厳しくなって来た。

足には、苦労した。ゴールは、間近だ。もう一ヶ月、人と話をしていない。人と会うのは、買い物の時に擦れ違う時だけだ。人間世界の事を、忘れつつある。

疲労由か、僕の頭は段々と混乱して来た。人間と人形とが、逆転して見える様になって来た。道を歩く人間が人形に見えたり、彫刻している人形が人間に見えたりした。栄養不良のせいかも知れない。いつも頭がぼんやりとしている。買い物をする人間が、動かない彫像に見える事さえあった。人形が、時々、笑いかけてくれる様に思えた。本当だ。その手足が、微妙に動くのを僕は見た。彼女の五、六ミリの口から言葉が洩れるのを、何度か耳にしたのだ。

人形――完成は、もうすぐだ。出来上がるまで動くなよと、僕は彼女に話しかける。心臓を高鳴らせる。あの雑誌を見た時よりも高鳴らせる。僕は足の指を彫る。親指。爪を造る。人差し指。中指。薬指。小指。指紋に足相……

夜、になる。静かだ。窓から外には、星が見える。木片を拾ったあの夜の様だ。一匹の蛾。万年床。ぼろぼろだ。部屋は臭い。僕自身も匂う。それもひどく痩せて。ここ何ヶ月、人間らしい食事をしていない。併し痩せる程に、僕の情熱と力は研ぎ澄まされていく。刃物の様に。

人形が、いとおしい。その事が、今では良く判る。いとおしくて、仕方ない。人形に毎日、キスをした。彼女は、すると笑う。食べてしまいたい位だ。僕は、彼女を本気で愛している。かつてY子を愛した時よりもずっと重く。唯一の恋人だ。結婚しても構わない。僕は幸福になれる事だろう。


寒い。静かだ。僕の魂だけが熱い。ナイフの音だけが、部屋に響く。

夜も八時に至る。人形が、完成する。

僕は感動する。しばし判断力を失う。思考力を失う。人形を抱いて、泣く。転げ回る。もんどりうって喜ぶ。叫ぶ。喚く。万年床に横になって、人形を見詰める。素晴しい出来。至上の恋人だ！

夢見心地だ。雲の上にいる様だ。ニコ〳〵と笑う。燃焼。僕は燃焼した。そして「全て」は、手に入ったのだ。「夢」そのものが完成した。僕の夢の中のY子。永遠のY子だ。

茫然とした至福の時。十分ばかりが、過ぎる。

僕は、夢の中にいる。何もかもが、夢の様だ。部屋中が歓喜している。物体が目に入らぬ。思考力が飴の様に蕩けた。


その心地良い夢を雲の様にかき消したのは、戸をノックするか細い音だった。ぼんやりとしていた僕は、とっさにナイフと人形を、炬燵の中にしまった。

入って来たのは、MとY子だった。

二人は、食べ物を持っている。ケーキと蝋燭。安い国産のシャンパン。何かいい事でもあったのだろうか？　僕は、あったのだが。

「どうしたんだよ。あれから全く学校に来ないじゃないか」

コンパの帰りだと言う。二人は軽く酔っている。僕は二人を部屋に入れる。

「行くさ。もう用事は終ったんだ」

二人は炬燵に入る。僕は湯を沸かしに、ガス台の前に立つ。薬罐に水を入れる。火をつける。

ガスの音。僕も、炬燵に入る。

「よお……お前。俺とY子が結婚すると言ったら、どう思う?」

なる程な、と僕は思う。正直に、心の底から、へえ、よかったじゃないか、と言う。祝福した。二人と一緒になって、喜んだ。今日ばかりは、僕も浮かれていたのだ。

「まあ……、こいつでも飲んで、ケーキでも食えよ」

Y子が用を足しに外のトイレに行った隙に、Mは小声で囁いた。

「あいつが映画に出るのをやめさせる為に、まあ、仕方ないよな。第一、好きだしね」

結婚に際して、あの写真の事を、Mはこだわっていなかった。我々の世代は、淡泊だ。

「青春の、記念だと思えばいいじゃないか。大した事はないさ。気にする程の事じゃないよ。綺麗に撮れてるしね」

Mの心の広さに、感心する。と言うより、Mが哀れに思える。あんな女をそうまでして、と、本気に僕はそう思う。

Y子が、帰って来る。彼女の顔を見る。厚化粧。嫌悪を感じる。鼻につく香水の匂い。腹が立ってくる。その臭い匂いのせいで、気分が悪くさえなった様だ。その腐った肉の塊を、ひっぱたいて窓から投げ捨ててやりたいと思う。単なる物質。かつてこんな女と寄り添った頃の自分を、悪夢だと感じる。

しばしの会話。僕は機嫌良く喋る。なにしろ今日は人生最高の日だ。その上機嫌に、Mはすまなさそうに困惑する。勘違いしているのだ。お人良し。Y子がむしろ明るい。その醜い顔で喋りまくる。僕は話を合わせながらも、うんざりする。湯が沸いたのをいい事に僕は席を立つ。蒸気の音。薬罐を持ってエアーポットの中に湯を流し込む。インスタントコーヒーの瓶を、炬燵の上に運んだ。


その時、炬燵の温度を変えようとしてその中に手を突っ込んだMが、軽く叫んだ。

「あっ、なんだこれ」

Mは、人形を鷲摑みにして取り出した。僕は、炬燵に足を入れる所だった。片足を入れたままで、僕はまっ青になる。全身から血が引く。手足が凍りつく様に冷たくなった。

Mは、すぐにもそれがY子である事を見抜く。そして、げらくく笑った。それを、一種の冗談だと思ったのだろう。僕の大事な恋人をその下品な手で撫でながら、言った。

「こりゃあいい。おい、お前にそっくりじゃないか」

Y子も、笑った。

「ほんと！　ねえ、これ二人の記念に頂戴よ」

僕は、一切の判断力を失った。

全身の冷えは、怒りに変わった。炬燵の中からナイフを取った。凄まじい勢いでMを襲った。一メートルも、僕は飛び上がった。ナイフが走る。一撃は、顔面を斜めに切り裂いた。手応えがある。彫刻よりも簡単だ。Mは叫びつつ倒れる。スローモーションのフィルムの様に。単調に。僕はその上に馬乗りになる。数度Mの顔を突く。彫刻の感触だ。穴を幾つもあけて、息の根は止まった。人形のY子は血に染まりつつ、Mの手から離れる。その顔が、笑っている様に見えた。

大きい方のY子は震えつつ、部屋の隅に這って行った。滑稽に。四つん這いになって。

僕はMのぐちゃ〳〵になった顔を跨いで、Y子の方へ向かった。その尻を、軽く蹴とばしてやる。Y子は、部屋の端で一回転してこっちを向いた。僕はしみじみとその美しくない顔を見た。なんて顔だ。およそ美や理想とかけ離れている。恐怖に歪んだ顔の、その歪みぶりが、まず〳〵醜く思えて腹が立った。普通の女なら舌が縺れて喋れない所だが、さすがにY子はそのままの姿勢で何事かを喋り始めた。

「ご……ごめんね。き、君が私を好きだって事は知ってたわ。Mも、知ってたわよ。Mが、悪いのよ！　あいつが悪いの。それを知ってて結婚するなんて、ごめんね。あなたが怒るのも当然よ……で、でも、私の本心はね。そ、そう、Mなんてどうでもいいの。あなたの方が素敵……あなたは、自分一人の世界を持ってる。他の男達は、みんな流行と時勢に踊らされるだけの人形だったわ。でも、あ、あなたは違う。あなただけが、違った――」

Y子は、謝った。「君」から「あなた」に、僕は出世した。僕の気持ちを踏み躙って悪かった、と言った。私は尻軽女だからしょうがない、と卑下して見せた。果てはあなたを一番愛してる、あなたの気を引く為にMや他の男達とも付き合ったのだとさえ、口にした。あなたの為に書いて出さなかった手紙がバックの中にある、何故Mより先に求婚してくれなかったんだと、叫んだ。

「そ、そうだわ。ねえ、逃げない？　逃げましょうよ。ねえ、そうしましょう！　この死体をうまく始末して、二人で逃げるのよ、ね……ナイフをしまって……そうしましょうよ。分かりっこないわ！……ねえ、愛してるの。二人でどこまでも逃げましょうよ！」

Y子は泣き出した。こいつは何を勘違いしているのだと、僕はただそれだけを思った。

全く、興味のない話だ。なんで、こんな女と逃げたりしなければならないのだ？　冗談もいい所だ！

何の躊躇もなく、僕はY子の胸を突く。一撃で、その憐れな生命は、白目を剥いてこの世に別れを告げた。実に、あっけなく。

僕は、人形を探すべく、部屋をゆっくりと見渡した。静寂。MとY子の死体が木材で出来た人形に変わっているのを、発見する。怠惰に、木の塊がゴロリと二つ寝そべっているだけだ。醜い木目。荒い削り。見る気も起こらない。

血に染まった小さな可愛い人形が、僕の足もとで手を振って微笑んでいるのに、気が付く。人形は、かつての僕の夢通り、小さな人間になっていたのだ。僕は腰を落として、小さな彼女を優しく握る。顔の近くに、そっと持って来る。

そのとたん、彼女は、悪魔の様な顔をして大声で笑った。僕は驚き、喜び、そして思った。

「なんて、耽美で美しい顔なんだろう!」

幸福を、感じた。今度は、こちらが本物のY子になったのだ。そしてこれこそは、本当に僕一人だけの、ものなのだ。

# 七十八年の神話

# 一

視野の果てまで地平線がのっぺらぼうに、凹凸を支配している。からからに乾いた空気を、軽薄な千葉特有の黄色の砂塵が、ひゅうと愛撫する。

その書き割りの中に一点、異邦人のたたずまいで黒々とした管制塔が、大地を哄笑する図々しさでぽつねんと立っている。

生きた田畑の大地が今日も唸って空港の鉄の柵をがっちりと抱えこみ、その中に冬眠する虫の殻の気分でターミナルは眠っているのか。

眼の前では、耳に対して親切でない轟音で、ぐるぐると鉄の輪が回転、蠕動して、幅二、三十センチ、深さ数十センチの穴を創造して行く。そこに泥だらけの片脚を突き刺す感じで突っ込み、細かく飛来する赤土塊の洗礼の中、一瞬呼吸を止めて左右のごぼうを一気に引き抜く。腰の筋肉が、その度に呻吟する。太く長い、大地の恩寵に飾られた立派で颯爽とした戦果を引き抜いたときは、およそ、人類が何千年も反復してきた原始的な喜悦に身が染まる。

赤銅色で錆を皮膚の腫瘍にする耕運機が、時折、ごおっ、と雄叫びの声をあげる。

「そら、にいちゃん、あんましくっついちゃ、あぶないっぺ」

はっ、と僕は顔を上げた。夢が現実の外皮となってすっぽり被さってしまっていた。気がついて現実をその袋の中から引っ張り出すと、すぐ眼の前に、鋭い刃を持った輪が回っていた。これで、片脚を股からもがれた活動家が、昔いた。

少し立った。地平はいつまでも地平のままで、三百六十度周りは、やはりいつもの成田だった。懸命に、空気がぎこちなく渇いた、からっ風を鳴かせる。ふわふわと、殷賑な緑の茂みが土の背中にうねっている。今まで生きて来た東京の稠密感は粉末になって霧消する。

「あっ、すいません、やります」

慣れない土にぎこちなく塗れた黒のジャンパーに包まれた、T派の仲本、と名のる眼鏡の男が直立した僕の耳に慎重に言葉を投げ込んだ。

「ああ、どうぞ」

穴から、出た。腰骨の片方が、その難渋な運動におそろしく敏感に反応して、きりりと疼いた。

もう一列の縦穴では、やはり二人の活動家が暗黙の戒律で交代を反復しながら、一人は抜き、一人は横で受け取り泥を払いネコに束ねて入れる役割を、演じている。小綺麗なD派の綾野は二、三本抜いては息をきらし、横で神経質そうなK派の田村という男が、その戦果を黙々と荒縄で束ねてゆく。——赤ヘルのS派とD派は蜜月の甘さで、反革マルのK派とT派も蜜月。しかしまだ援農では、ヘルメットの色は大地の中に融解し、どの党派も空港開港阻止の皮膚感覚で一緒に踊れる時代だった。

反対同盟は一つだった。まだＤＣブランドもソアラもＣＤもファミコンもなかった。サーファーとフィフティーズも仄かな、ＶＡＮの倒産と暴走族、キャンディーズ解散とピンクレディー、そして熱い成田の時代だった。


頭に時代ものの手拭いを巻いた無精髭のノンセクトが二人、それと僕が連れて来た、担当のオルグ対象の、カメラマンを目指す井上の三人が、農民のおっかあと畑の隅でごぼうとじゃがいもの分類に興じている。

「随分がんばって、疲れたべ」

「いえ」

僕は、おっかあの口から発射されたかん高いお褒めの言葉に、照れかくしを微笑みで巧みにくるんで、中和させた。セクトの人間にとって三里塚農民から褒められることは、立派な軍事的勲章だった。

おできのような小山が続く。模型に見えるその緑の中の、うす茶の道を、赤茶のトラクターがのろのろと走る。

ノンセクトは、ハイキングの気分ではしゃぐ。ごぼう抜きを五メートルもやると「腰が死んだあっ」と絶叫して、穴から転げ出る。ごみ箱から出てきたような手で、いもを撫でながら、おっかあとふざける。

「おめえらも、少しは、見習いな」

モンペ、頭に白い手拭いに低い背、赤い肌、泥に染まった軍手と長靴、井げたがすりの前掛けの、鋳型で大量生産したような典型的な農婦が、必死に仕事に熱をあげる井上を顎でしゃくって、示した。僕はくすぐったい、爽快を感じる。

「おれら、齢じゃけん」

「昔から、腰が悪いんじゃ」

「うそこけえ、おめえらは口ばっかりだっぺ」


「さあて、昼めしにするっぺかあ」

六十過ぎの農民が、ぶるるると耕運機を激しく顫わせて、雄叫びをあげた。仲本や田村、綾野、井上は体力をもて余し、ぼんやりと巨大な土の中のけし粒になって幽霊的に立つ。ノンセクトがはしゃぐ。

幾つかの農家が、暗黙の了解で集まる。大地の上にビニールを敷く。一つ、一つ、とアルミホイルの中から握り飯が、年代ものの古いタッパからおかずが顔を出す。陶器のコップが回る。

魔法ビンがあけられる。

視線を思い切り遠くに投げる。道路に数センチの、機動隊装甲車が見えた。

分裂気質の見本の田村が、食事もそこそこに四十代の農民と議論する。

「全党全軍あげたゲリラ戦ですね」

「うん？　去年の五・八斗争みてえなやつかあ」

「そう、空港機能を麻痺させる大ゲリラ戦ですね、三・三〇決戦です、我々は」

ノンセクトが、三人のおっかあ達と、助平な話で笑いはしゃぐ。

「あんだら、マルキもあそこまでは入れめえよ」

ハイライトを蓮っ葉に吹かすノンセクト。

僕は手痛い失敗で、S派の団結小屋にセブンスターを忘れて来た。それをどう察したのか、仲本が、時々ふと、自分が一本吸う度に、気まずそうな声で「どうぞ」と、一本差し出す。いい奴だな、と思う。僕の感情は、こんなことで完全に一本とられてしまう。

仲本は、この小田さんの家の援農は初めてらしく、過緊張に覆われている。無口で、仕事はストイックに、一種の斗争として全身を注入するタイプの活動家で、僕と似ている。とてもノンセクトのように、冗談の芸当などできはしない。

井上が、綾野と、家の出がよさそうなためか波長が合って、くすくすとランとスー、ケイとミーのどちらがいいかと、二人で小声で笑いまどろんでいる。

ふと井上は僕を見て、「いいかな、写真撮って」と、笑みを声にして耳に吹いた。僕は、おそるおそる農民に訊いて、ぎこちなく了解し、井上は修学旅行気分でバッグからニコンを出すと、深い憂愁に沈んだ田畑や、その沈殿の中からむっくりとしぶとく大地にしがみついている唐ぐわ、びっちゅうぐわ、鋤、ネコ、や「おら達なんか撮って何すんだよ」と笑うおっかあや、ポーズをとる綾野、ヒステリックに喋る田村、大地の上にどっかりと腰を据え背景にぴったりと嵌まり込んだ農民、その生暖かい空間とコントラストをなす黒い管制塔やターミナルビル、装甲車をレンズに収める。

意を決して、どうにかやっと仲本は、難問を解くような顔でおもいきり、小田さんの赤黒い顔面に一つの研ぎ澄まされた声を噴射した。

「開港、ですね」

一瞬、あまりにもあからさまな音韻が、電撃となって一同を打った。そうだ、開港だ。十三年の斗争の凝縮された狂熱の舞踏会だ。それにしては、ひどく平和でのどかすぎる。三月二十四日。あと六日。田村が、仲本が、井上が、綾野が、僕が、ノンセクトが、音声装置を失って沈黙に浸った。

「この手を見てください」

小田のじいさまは、忍苦に刻まれて岩に化けた両手を拡げてみせた。放水の中、機動隊に糞袋を投げつけ、ガス弾の中、横堀要塞の上から、機動隊から奪った盾をその機動隊に投げつけた、それでいて優しく厳しい手だ。

「これが農民の手です。戦前は御国のために満州の黄色い土を、戦後はまた御国のために千葉の、この北総台地、三里塚を開墾して、荒地を、今は石一つない田畑にしてきた手です。それを今度は、また御国のために売れという、お金でこの手を売れという……」

小田さんのどっしりとした実在感のある声を耳に流しながら、僕の意識は紫煙と一緒に舞い踊りつつ、何日か前のシチュエーションに回帰した。

三人は、奥のボックスにいた。暗い光はその中に、近くの席のカップルや大学生、最初のテーブルゲームのブロック崩しに興じるティーンの背景を用意し、ブラックのテーブルの上は戦場の様相で、病的に積まれた煙草の吸い殻を乗せた灰皿、飲みかけの中途半端なコーヒーカップが雑然とけばけばしく、三人の神経に辻褄を合わせたデカダンな空気を用意してくれていた。

吉井が、眼鏡をすり上げて右手のアクションをしつつ、単語を高音にして放射する。向かいの僕と、その隣の上杉は、脚を組み躰をこころもち斜めにして、せわしく煙草を指先でてこずりつつ弄び、ひきつり気味の顔を対置する。

「いいか、決戦だ」

僕の肌は、予想していたのにもかかわらず勝手に、半ば感動し、半ば恐怖と身顫いの滝の中に突入したショックで、その皮膚上に見事な粟を生じる。

「一言断っておくが、これは僕の趣味や酔狂じゃない。全労学同盟員への任務だ。貫徹してもらう」

任務——この二文字に疑問は許されない。吉井はS派のロゴ入りの用紙を二枚づつ配り、けじめをつけるように、自分の眼前にも二枚厳粛に置いた。

「今更言うまでもないが、わがS派は今回の斗争に党の命を賭ける。開港か死か、全員が死ぬかパクられるまで一週間、三・二六から四・二まで斗う」

近くの席でふざけあっていたコンパの学生が、嬌声をあげた。上杉は、その遊惰な空気にメスを入れるよう、胸奥から一番ものほしがりの姿を演じる質問の矢を、放った。

「じゃあ、俺達も、火炎瓶投げさせてくれるのかよ」

「ここだけの話だが、三・二六戦の戦斗部隊はもう何ヵ月も前から決まってる。けど、パクられたり死傷して撤収すると、次の日には生存部隊から再び戦斗部隊が編成されて、第二波の攻撃をするんだ。そんで、三、四波と、最後の一人まで斗い続ける」

僕と上杉は、その言葉の爆薬に、軽くふわりと酔った。

「救対が大変になる。だから書いてほしい。一枚は、死ぬか廃人になったときのための遺言。一枚はパクられて長期刑を務める場合の、同じく家族宛ての、決意書だ。救援センターに協力し、権力にだまされるな、って書くんだ」

「ああ、ふうっ」

と、僕は空気の重さにささやかな息苦しさと快感を感じながら、ペンを走らせた。他の二人も書く。沈黙のペンに、ＢＧＭで、微笑がえしやウォンテッドが流れる。

「私達、お別れなんですねえ……」と、僕と上杉は軽いハミングで重いペンを釣りあげてみせる。

作家志望の僕と上杉が、紙を吉井に、提出する。検閲者は、「ここはちょっと文学的でよくないな」と口をほんの少し歪め、ステロタイプな政治的文節には、大きく口を満足の色に染めて「うん、いい」と呟いた。

「さて、と」

吉井は紙をまとめて、丁寧にボロバッグに入れた。

「他の連中はどうすんだ」

僕は吉井の言葉を先に拾って投げてみる。

「鈴木はだめだ。第一公園の大衆集会の方に行ってもらう。井上は、あれは、オルグが足りないが、どうも、斗うことに抵抗がないみたいだ。君が、二十三日から入って、二十四、五日の援農で様子みてくれ。田中、中村はだめだ。小橋は、あれも、キャンディーズのファンクラブの支部長だから、ちょっとむずかしい」

ははは、と、三人は初めて笑う。十七、八歳の青春は、既に、戦場の中の笑い、その甘苦い風味を覚えてしまっている。W高校を卒業して、春休み。高二のとき、僕は既に学生同盟員の吉井に誘われて援農に行き、S派に入った。三年で上杉も入り、何人かシンパを造り、その周辺にサークルを創った。

「よし」と、吉井は三角形の顎を縦に振り、小さな鮮やかに輝くナイフを出して、左手の薬指を切って、血判を押した。「これは別に任務じゃない。単なる僕の趣味だ。嫌なら批判してくれ、合意するなら……」

大きな藁葺の家の前で、僕は腕を組んで満月を見ていた。それが急に暗くなっていく。月食だ。犬が吠えていた。門に向かって剥き出しの廊下の奥に、同じく剥き出しの部屋が四つある。テレビ、テーブル、神棚。招き猫。床の間。玄関に入ると大きな土間があって、そこに大きなテーブルと椅子がある。台所はその奥だ。

「なんだい、ホームシックけえ」

小田のおっかあが、僕の背中にとんでもない冗談を浴びせ、僕は、びくっと振り返って苦笑した。

「風呂だんべや。早くはいれえ」

活動家が、順々に入る。夕食前に。既に入ったがちっとも綺麗にならない二人のノンセクトはテレビの間に寝転がって笑い、綾野と井上も一緒に、歌謡番組を見て、四人でアイドル論を漂い揺らせていた。

僕は、田村と仲本と、母屋の外の、風呂に入った。服を脱ぐ。田村だけが、神経質に着替えのパンツとシャツを携行していた。

タオルと石鹸を持って、暗い木造の戸の中へ侵入する。釜のような風呂の姿に、三人は、絶句を返答した。好奇心の眼で田村が近寄って中を見て、

「どうやって入るんだろう」

と、皆の心を声に翻訳した。

「要するに」と、田村は素っ裸で大きな円形の黒光りする外郭の周辺に立つ総員に、さも論戦でもするかのような仕草で、弁舌を披露する。「この鉄の部分が熱くて、そこの浮かんでいる丸い木の上に乗って入ればいいいと思うのだが」

僕と仲本は真剣な顔で思わず「異議なし」と呟いた。

「つまりだ」と冒険好きのK派を体現して田村は右脚の親指でウン、ウンと浮き蓋の凸部分をつまみつつ沈め、「本質的に問題なのは、この板のバランスだ。傾かないように、うまく――」と、右手でアクションをしつつ窺うように荘重に板を湯の中に差し入れた。

「あっ、大丈夫だ。ぴったりくる」

田村はそのましゃがみこみ、僕と仲本は素早く躰を洗い始める。

「いよいよ天王山だな。これぱっかりは譲れないからな。もう党派も何もない。新宿騒乱の時みたいに、全力で開港阻止斗争の炎を燃やさなくちゃな」

湯煙の中から声がワンワンと籠もって反響した。

力一杯垢を擦り落としていた仲本は、「ぷっ」と飛び出させるような息を吐いた。セクトの相異で普段は交せない、あけっぴろげな限界状況だからこそ発せる内心の転げ回る不安と葛藤の声に、僕は応えた。

「党派の問題じゃないですからね」

「そうだ」と田村は昂奮して拳でお湯を叩いて、飛沫を顔面に浴びて「うっ」と唸り「鉄塔や東山君の仇を……いや、そういう感情的な問題じゃない。戦略的問題だ。日帝米帝の軍事空港を絶対開港阻止ということだ」

「朝鮮侵略の反革命策動としてのですね」

「いや、まあ、意見は色々あるだろうが……要は党派を超えた斗争だ」

任務じみた丹念さで黙々と全身の垢を粉砕して、田村と入れ違いで風呂の中に沈んでいた仲本の口もとが、少し不快に歪んだ。僕は適当に、「まあね」と、ぎこちない空気を融解した。党派性からいえば、僕も本来は口を歪めるべきだったのに。

僕が鉄のお椀にどぎまぎと入る時も、田村はずっと酔ったようにしつこく神経症的に頭を洗いながら呟き続けていた。

「開港阻止で新しい政治情勢を創出するんだ、そして……党なき大衆決起で、革命だ」

僕の肌は、びくん、と波打った。仲本は、「革命」と、復唱した。新鮮な言葉だった。七十年来、退潮に退潮し百分の一にまで縮み、プロフェッショナル化し、大衆を失い、成田開港というぎりぎりの崖っぷちで全身血まみれで追いつめられ、これで敗けたら、終わりというところまで来てしまった新左翼――が、長年、忘れていた色褪せた単語だった。「しかしそれは党が……」と蚊の泣く程の仲本の呟きは重く圧されて三人は、暗い、煤けて黒々とした木目を背に、小さな裸電球の下で、数秒沈黙し、静止した。官能的な、凍結だった。

夕餉が始まった。土間から丸見えのテレビでは、ジュリーと百恵が全盛という名のきらびやかさで歌声を流していた。酒を飲んで天ぷらを胃の中にかっ込み、半分以上テレビを見て、「ぶっつぶせ！」とノンセクトが右手を上げてシュプレヒコールする。赤いヤッケのD派制服に身を包んだ綾野が井上と肩を組んで「包囲、突入、占拠だ！」と叫ぶ。

田村と僕の体質はアルコールを受け入れる能力がなかった。仲本と合わせて三人は、軽薄なカーニバルに取り残されて、静寂の中にいた。

「十二月斗争で敵前逃亡した日和見トロッキストめ」

田村が綾野の背を見て呟いた。

「しかし二・六要塞戦は評価できる」

盃を握って仲本が静かに言った。

「へっ、斗争じゃなく、お祭りじゃないか」

「政治的効果はあった。ただ軍事的組織的に集約できてないだけで」

「過度の軍事主義も問題だが……まあ、うちも君のところも三十日の大衆武装斗争ゲリラ戦で、勝負だ」

「D派、S派の二十六日斗争、がどうなるか」

「またお祭りさ」と、田村は綾野に「おい、君、今度はまた横堀要塞かい？」と薄い皮肉の溶けた声を投げた。

「そうだよ」と悪びれず綾野は「ばんばん火炎瓶投げて空港に突っ込んでやるんだ」と言いきった。

このあけすけな返事の爆弾に僕達三派――都合よく、それは三派全学連の末裔だった――は、背筋をゾッとさせた。伝統、というガラスケースの中で秘密主義の色で自分達を巧みに装飾して来た僕達の党派にとって、D派の、この軽さはショックだった。

「そうだ、突入占拠だ! ねえ小田のおじいさん」と井上が調子にのってカメラの脇の半透明の酒のコップをおっかあのコップに乾杯させて叫ぶ。僕は恥ずかしさで視線をそらし、少し顔が紅潮した。

「そうだっぺ。あんな管制塔、ぶっつぶすだよ」

おっかあが笑う。

大人しそうな、割烹着を着たばあさまが、優しく微笑みながら、懐中電灯を持って一場に登場した。

「どうしたンべ」

「いや、機動隊の歩哨が一杯いるからよ、これでチカチカ照らしてやったよ。驚いて走り回ってただよ」

皆は爆笑した。僕達三人だけが、その笑いに微笑で参加しつつ、しかし「これが革命かもしれない」と、背にひやっとしたものを感じざるを得なかった。

S派の現斗が、迎えに来た。ベルトの替わりに荒縄、泥だらけの長靴、髪、破れたジャンパーで。陽気な西城は「ありゃ、ちょっと早かったかいな」と波打つイントネーションで言った。

「うんと早いべさ。ぎゃはは」

「そなら、風呂もらってていいかいな」

と泥に化粧された手拭いをひゅっと風に舞わせ、ひらりといつの間にか台所に突入している。

「石鹸はあるっぺな」

「そないなもの、いらんわ」

S派団結小屋は四、五人の現斗部隊が常駐していた。大体が陽気で、どうも農地が暗い学生も明るくしてしまうらしい。西城は僕より一つ上で、関西学生フラクションから活動歴僅か三、四年で現斗へ来た、エリートだった。
四、五日に一回の貴重な風呂に上気した顔で西城は、ひとくさりおっかあ達と冗談の応酬を演じて、「じゃあ、失礼させてもらいますわ」と愉快な声で言った。おすまし顔の田村や仲本のぬかるみの横で、僕は這い出るように立ち、井上も僕を慎重に見てきょろきょろすると、立

った。綾野が、

「あっ、S派でしょう、横堀だから、途中労農合宿所通るでしょ、ついでに連れてって下さいよ」

と軽快に跳ねた。

「ああ、ええわ」

ついでに、ノンセクトもはしゃいで笑う。

「わしらも連れてってくれんかのお」

「どこや」

「管制塔や」

みんなが笑った。

「あほ、空港つぶしたら連れてってやる」

「どうも」と僕はぎこちなく、一期一会の面々や、生きた革命達に対し、不器用な会釈と言葉を置き、井上がさっと立って慣れた手つきでカメラを一回転させ、パシャッと玄関から晩餐――最後になるかもしれない――をフィルムに収めて、四人は外へ出る。

月食は既にその日課を終えて、満月が病的に明るく、やっと走るだけの老いたコロナを照らしていた。

「月食なんて、めずらしいですね」

「うん、天の利や。ついてるで」

「えっ？」

「いや、あさってになればわかる。恐ろしくわかるで」と、西城は僕の肩をぽんと叩き、踊るように車内にすべり込んだ。僕が横に、綾野と井上が後ろに配置される。

横堀へ走る。田畑。ビニールハウス。ぼうぼうの草。木々。所々に色々な団結小屋。壁にスローガン。やぐら。犬が鳴く。

かなり大きな、バラックの労農合宿所に着く。D派とS派が中心に創った大衆団体が主に寝泊まりする。D派とS派も泊まる。二階建てで、風呂もある。前年五月倒された岩山の鉄塔に置かれていた〈農民の像〉が地面の上で、ふんばっている。白く光るヤギが二匹いる。

「そんじゃ、どうも」

綾野は去った。井上も車中から「どうもねえ！」と応えた。

「三里塚はどうだったよ？」と僕は井上にやんわりと訊いた。

「最高だよ、いい写真撮れたし、いい奴もいたし、いいなあ、こういうつながりあいとかそういうの。ないじゃん、学校とかにはさ。畑なんて初めてだよ、凄い、綺麗だね、初めてわかったよ、自然は綺麗だってさ」

警鐘にしたてたスローガンを塗った赤いドラム罐が吊るされている団結小屋の横の畑を通って、周りに背の高い草がふさふさと拡がるS派の団結小屋に向かったでこぼこの土の道を走る。一階のバラック。十畳位の部屋と、四畳半位の部屋と小さな台所。ぎしぎしと危ない、掘り便所がその外にくっついている。

三人は、戸を開ける。土間で、黒っぽい地面。無骨な簀の子で泥を落とす。僕や現斗はいかにも慣れているとばかりに紫の足袋を泥の上に並べる。井上は、長い運動靴の紐を解く。部屋に入ると現斗だけしかいない。援農部隊は僕と、井上だけ。斜めの本棚には、理論書がここぞとばかりに並ぶ。各派機関紙のバックナンバーが綴じてある。前進、解放、戦旗、世界革命……。小さな白黒テレビ、ラジオ、カセットがある。下は剥き出しの畳。

食事は現斗の当番制で、料理の素材は援農でもらったごぼう、じゃがいも、人参、米、卵、大根、などが主役になる。

僕は部屋の隅で井上に、秘教のイニシエーションじみたものものしさで二十六日に対する重要な確認に取りかかった。

「二十六日がどんな斗いになるかわかってるか」

「大体わかってる。もう、やっちゃうね。怪我してもパクられてもいいや」

僕はその軽さにとまどう。

「死ぬかもしれないぞ、今までここじゃあ」

と、僕は畳を人差し指で叩いて、

「我々側もマルキも何人も死んでんだからな」

井上は少し声質を落としてごくんと唾を飲み込み「やるね」と、言った。

「じゃあ」と僕は手帳を取り出し、「これまで確認してきたものはちゃんと持って来たね?」

井上は少し緊張した顔でバッグの中から、一つ、一つ、出す。

「まず、ええと、ナップザック、これをかついで斗争する。それと、燃えない服、化学繊維は駄目だ、うん、アメ横で買った自衛隊のおさがり?　いいね。僕は米軍のおさがりだ。あと、安全靴、よし。軍手二組、よし。この、運転用の、黄色いポツポツのついたのがいいんだ、ツルッて滑らなくてさ。あれを投げる時なんか。あと、着替え、それは着色放水のため、あと、手拭い二つ、よし、商店名とか入ってないね。そして、ビニールカッパ、あとパクられた時に読む本、ええと、アイドル写真館?……別にいいけどね」

そこで、僕はさも勿体ぶった視線を井上に投げ放った。

「あとはな、戦場では勝手な行動は一切禁止。指揮官に絶対従うこと、火炎瓶はな、上手投げはまずい、後ろの人間にひっかかる危険がある。横投げか、下投げ、あとパクられたら、完

黙、救援センターを全的に信用して、私服が親をオルグしても、屈しないこと」と、僕はちょっとはにかんで笑って
「もしパクられたら、どこ行くか知ってる」と小声でそばに寄って遊戯じみた心で囁いた。

「どうなんの」

「まず、留置場。次拘置所、いや、齢バレたらネリカン、次はやったことでかいと少年院か少年刑務所、あんまり沢山捕まるとすぐ千葉刑の旧舎のすげえ明治の建物に、入れられっかもよ」

重厚な空気を、ぽっちゃりした西城と、やはり現斗で筋肉質の浜田が、カセットに聞き惚れてなんだかんだと喋くって台無しにする。中島みゆきの『世情』をかけている。

『シュプレヒコールの波、通り過ぎてゆく……』

「いいなあ」と、学生フラクの頃はふらふらしていたが現斗になってすっかり筋金入りに変質した浜田が首を振って感動し、「今度からデモでインターやワルシャワ労働歌の替わりにこれかけたらええ」と西城も音律にとろけるように呟く。「労農合宿所は毎朝起床でインター流すやろ、ほならこっちはこれや」

新人の教育上よくないな、と僕は心の中で舌うちしてると、眼鏡にひょろっとしたS派典型の現斗が「おい、メシだ」と叫んだ。

僕達は、ごぼうのうんと入ったカレーを食べた。中島みゆきは消え、小さなテレビは開港を祝う色々なレセプションや福田首相のインタビューをのんびりと流していた。その度に、ひょろっとした現斗はテレビを刺すよう人差し指を出し、本当に怒って「ナンセンス！」と口笛に似た細い叫びをあげた。

巨大な猫、が勝手にドアを開けて入って来た。名はニャンケという。ほとんど団結小屋に住みついている革命的な猫で、時々ふらっと放浪して姿を消す。気が向くと窓からも入ったり、土間や天井で寝ていたりもする。西城は膝の上に乗せて「かわいい、かわいい」と残飯をあげて撫でた。

「小便に行こう」

僕は、食後、だしぬけに井上を誘った。律儀に便所に向かおうとする井上を制して、外へ出た。右手は背の高い草が果てしなく拡がり、その戯れる葉の水面の彼方に、満月に照らされて傲然とコンクリートの四角い横堀要塞が屹立している。前は十メートル先位まで少し広く、五、六メートル幅で剥き出しの地面がこげ茶の肌を見せ、その右に凹形に草が刈られ、天然の駐車場がある。左手は勾配のあるほんの少し高い丘で、背の低い草、畑、所々斑点のように枯葉剤を撒かれ死んだ黄色の枯芝が寝る公団用地がある。ぞんざいな鉄条網がそれを囲む。立て札が蹴られ折れている。

小屋の右手の草の中に少し入った。

「あっ」

井上が感動と昂奮の混淆した声を放つ。

螢。季節外れの狂い咲き。百程の仄かな光が流れ、微風に揺らぎ、草叢を彩っていた。僕の眼も井上の眼も、商品でない螢を見たのは初めてだった。まして、こんな沢山の光の乱舞を。

しばし、小便も、手で捕えることも忘れてその自然の芸術に酔った。

小屋の前に積まれた木材とトタンの上に二人横になって煙草を吸い、星を見ながら心の奥処を喋った。

「こんなとこ初めてだよ、日本、にこんなとこあるなんて」

「僕も最初そう思ったなあ。ベトナムみたいだって」

「ロバート・キャパの気分だ」

「ここにゃあ、交番なんてないんだぜ。解放区だ。警邏は白い自転車じゃなくてマルキの装甲車だ。そしてあさってから、本当に戦争が始まるんだ」

九時、僕と井上は四畳半の部屋に蒲団を敷いた。浜田、ひょろっとした男、と四人で。西城ともう一人は隣の部屋にいた。ドアが閉じられていた。一人、が表に立っていた。井上は蒲団の中にニャンケをいれて、じゃれている。浜田は、積まれた蒲団に寄りかかって坐り、眠れないようだった。僕や井上を、「いいかい、これから隣の部屋であったことを、絶対喋っちゃだめだよ」と、緊張の極に達した声で、圧した。

人が、ぽつり、ぽつりと集まっているようだった。なまりのある農民、標準語の他セクトの人間らしい声。よく聞きとれぬ静かな白熱した声。針で刺すような、空気の鼓動を凍てつかせる峻烈にして厳格な声。S派は久しく非合法から遠く、警備本部に眼をつけられていない。あるいは、と僕は隣の部屋から否応なしに洩れる過緊張の冷気に全身を縛られつつ、思った。軍事会議で、何か決定的なことを決めているのでは——。

わからない。こういうことがあったこと、何を喋ったか、誰がいて何を決めたか、それは、ここに集まるだけの選ばれた人間達が、棺桶の中まで喋らず、この一座の秘密会議は、まったく知られることもなく、歴史から消えてしまうのだろう。すべては偶然に、新宿、渋谷騒乱のように一部突出セクトの偶発的な騒乱、で終わってしまうのだろう。

議論、は終わらないようだった。いつの間にか僕は、疲れで腰をさすりながら、寝入ってしまった。

二十五日の朝は、いそがしかった。僕達は残りのカレーをまだ食べていた。電話がひっきりなしにかかる。現斗がうろうろと相談している。

「よお、今日は援農は中止、中止」

僕は、正直言ってホッとした。どんな作業も農業よりは楽だ。

「鳶に見えるのいないかなあ、今夜来る労働者の寝るバラック造るんだけどさあ、マルキが見張ってるから、素人がやってるとまたイチャモンでパクられるかもしれねえから、それらしいの一人くれってんだよ」

浜田は聞いて、僕と井上を見比べた。

「井上君、わるいけどやってね」

井上は、きょとん、として僕の方を見た。僕はミスキャストに思わず笑った。

僕、は井上が呆然と去ってから、まったくあてどなく、西城と車に乗って出発した。車は鋭く揺れる。薄汚ない窓から、次々と光景が姿を変える。鬱蒼とした樹葉が踊る。翳りのある畑が続く。その次には、固い輪廓の低い台地が連なり、ひょっこり、密閉されたようなあけっぴろげの農家が顔を出す。

ジロベエという屋号の農家に入る垣の前で、車は止まった。

「ちょっとまっててや」

西城は勢いよく噴射されて行った。手足を動かさない僅かな時間が、長く、重たく感じられる。重いきってドアを開け、少し中をのぞいてみる。木造の玄関の前で、ジロベエのじいさま、おっかあらと、陽気な西城が笑い声一つあげずに丸く輪になって、言葉を交している。僕は、禁断の呪術を見た気分になって、あわてて車の中に忍び入った。

ややして、西城はもらった手拭いをこより風に丸めて鉢巻きにして、ガニ股でステップするおどけた跳ね歩きして来て、「ほれ、ほれ」と僕を手招きして、「ちょいと、明日から戦争なんで、今日中に農業の方を少し片づけにゃならんのや」と、僕は肥料の入ったセメント袋のようなものの運搬を、西城と始めた。重い。僕の身体は完全に降伏する。現斗で鍛えた腕力で、西城がすいすいと運ぶのを見て真似るが、上がらない。前日のごぼうぬきで腰のエネルギーをすっかり放射してしまったので、どうしようもなく、引きずったり、倒したり、転がしたりして苦斗する。

「しようもないな、力ないなあ」

「いやあ、きのうのごぼうぬきで……」

「そなら、ええわ、そこのケージ、全部あそこに運んでや」

僕は、苦行から解放されて、ほっとする。戦争の前に身体を壊したら、笑いものだ。物置には、ジロベエの孫がいた。頬を薄い紅で染めた幼稚園児だ。僕は前にも遊んだことがあるので、隅に露出している配合飼料を掛けあって少しふざけた。手が、少し臭った。

西城と二人で運んでいる時、首輪につながれたひどく狂暴な犬が吠え狂った。野犬を拾った、という。泥棒も警察も近寄れない、という。尤も、飼い主の方も近寄れず餌を投げているのだが。

「あれ、凄いですね、いつも。空港に突入させたらどうすかねえ」

「うん、そないな話もあるんや」

と西城もいいかげんなことを平気な顔で言った。

こびりつくように残った若干の雑務を終え、西城はジロベエに「ほなら、おわりましたんで、いかせてもらいますわ」と少しゆっくりと言葉を泳がせた。少し沈黙して、冗談ぽく腰を九十度曲げた。真にうけるよう、農民達はやはり深く腰を折った。西城の斜めうしろでなんとなく、恥ずかしげに僕もそれを演じた。

ヘリが舞っていた。低音が響く。

車はまた、進む。方向音痴の僕は、もうどこがどこだかわからない。西城は、自分の庭を走るように、巧みに舗装の道路、小道、樹々に挾まれた肩の狭い小径、をなめらかに疾走する。叢林と畑が光と影になって交互に点滅する。深い緑。柔らかでもの静かな田畑。大きな自然の光彩に囲まれた眩しさが、僕の眼を射る。そしてそのベトナムのような樹木の中には、きっと戦争のための武器が、ひっそりと眠っているのだ。

心中の物々しさをそのまま未来絵図にしたような、落莫寂寥とした場面に飛び出た。古い家、が三軒ばかり、壊されて、古い年月を耐え忍んで時間を肌に刻み込んだ黒光りする柱や雨戸、トタンや痛々しい襖、があけっぴろげに積まれている。

「ほんなら」

西城は車から跳ね出ると落着きなくきょろきょろして、

「どれがいいかいな」

と廃墟の中に突っ込む。

夢から醒めた顔つきで僕は、「なんですか」とまったく動静が空気みたいにつかめない声で訊いた。

「便所、作るんや、どや、革命的な仕事やろ」

実際、非合法工作の味覚にときめいていた僕の心の中の舌は、苦い失望の味を感じた。

僕達は雨戸を六枚、トタンを三枚持って、車の後ろのトランクを開けっぱなしにして、平気でそこにぶち込んだ。

そのまま、菱田、近くの農民の家に着く。僕にとってその門は、初対面だった。少し西城が出て軽い挨拶と数語を交して戻り、近くの、その農民の土地に立つ。収穫の終わった畑は、ふてぶてしく寝ついていた。シャベルを持って、僕と西城は穴を掘り始める。狭く深く、だから技巧がいる。けれどそれは危ない穴で、板を横に二本並べることでやっと穴は充分なものになった。その周りに雨戸を立て、天井にトタンを立てて、集会用の臨時のトイレは仕上がってゆく。二部屋のうち素通しが男用、女用の方は雨戸をドアに化けさせて、開閉の機能を持たせる。

僕と西城は、重い音の警察のヘリが低空飛行する中、とんでもない悠長な話題に興ずる。

「秋吉久美子は元D派ですってねえ」

「ほんまかいな。いかにもそやな」

「そう、軽くって、どこか飛んでて、子供っぽくて無邪気で明るくて」

「T派は、誰かおるんか？」

「うう、ええと、元はっぴいえんどで最近出てるYMOの細野とか、新谷のり子とか、最近出た糸井重里とか」

「なんか、いかにもそないな感じやな、暗くて、じとっとしてて、えたいが知れなくて不思議で硬くて、気い強そやなあ」

「いしいひさいち、って知ってます？」

「なんやそれ」

「最近出て来た漫画家で、元K派なんすよ」

「K派なら、変わってるやろ」

「大当り」と僕は釘を叩くトンカチを見事に滑らせて西城の指を叩いた。西城は、五、六秒悶絶して、「戦士を、大事にしてや」と、苦笑した。

「ノンセクトは」と僕は釘を打つ西城のびくつく、なよなかな指を大事にしながらトンカチをソヴェトのマークのように元気よく振り下ろしつつ、「一杯いますね、中上とか伴明とか宮崎美子とか立松とか」

「じゃあ、われらが党派はどうや」

「いるじゃないっすかあ、お登紀さんが」

と、二人で加藤登紀子の知床旅情をハミングした。西城のメロディーはいつしかキャンディーズに替わり「私達、お別れなんですねえ」……と、こぶしをつけていつまでもリフレインしていた

「別れの日はきた。……君は出て行く……」


一応、それなりの便所は革命的に建設された。警察のヘリが超低空で叢林の中から飛び出し、僕達とその装飾を仲良くフィルムに収めた。

「あほが。便所撮ってどないするねん」

今頃井上も、奇妙な被写体に仕立てあげられているのかと思うと、笑いが、僕の食道のあた

りをくすぐった。濃緑の垣根に抱かれた、近くの農家に入った。浜田が筋肉の上に丸首シャツとポロシャツだけ被せて、縁側でのんびりとにこにこして脚を組んで、煙草を吸っている。三人並んで坐って、出された握り飯を、頂戴した。食後に木皿に盛られたモナカやおこし、せんべいの菓子が出た。

最初遠慮して横目でだけ味わっていたが、浜田のいつもながらの屈託のないレーニン的笑顔で、「食べなよ」と言われたのをよいことに、僕は機銃掃射のように菓子を攻略し始めた。西城は、玄関の方に入って、何か静かに重くじいさまやおっかあらと話を交している。

ふっ、と僕は先刻の会話の記憶を大脳皮質に想起した。――浜田が、

「いつまでいるの？」

と訊いた。僕は、

「最後までです」

と返す。

「最後？」

と言うので、

「四月二日までじゃないですか」

と口をとがらせて当然の解答をした。すると、西城と浜田は眼を合わせ、くすり、と微笑ん

だのだ。あれは何の暗喩だったのだろう？

「がんばるだよ」

「もう、それしかあんめえ、オレ達祈ってっからさ。死んじゃなんねえぞ。やるっぺよ」

浜田は、秘密を嗅ぎとられたように苦笑した。出て来る西城の背と、革命に解け込んでめったに昂奮しないおっかあ達のかん高い音律を眼と耳に叩き込んで、僕は崇高な霞が近づきつつあることを、まさしく直観し嗅ぎとって、ぶるっ、と顫えた。


僕達は、変な建物の中にいる。寺の跡だ、という。小さな山の裾野に、孤絶している。歯朶や笹、青葉に挟まれた細道を昇って行くと、円形の平地がある。豊麗な樹叢に囲まれて、そこに、床と、柱だけが残っている。その木の床の上に大きな青のビニールシートを拡げ、僕と西城、浜田はそれを洗っている。今夜来る同志のテント用だという。

浜田が、いつものような柔らかで綿でくるむ優しい声で、

「ちょっと、悪いけど、水汲んで来てくんない？」と、水田に挟撃された、すっとんきような場所にある水道の蛇口を指差した。バケツを二つ持って、僕は淡い緑に包まれた迂路を降りて行った。結局、五、六回往復する。かなり長く、途中、小径に尻をついて休んだ。鳥が春を啼く。あでやかな緑を所有したくて寄りかかった樹の葉末を噛みながら、田の水面に映る白光

を眼で味わって、そよぐ木々の中、静か過ぎる戦争にじゃらされているみたいな気分に浸った。

僕は、僕が緑の中から姿を現わす度に、あっ、二人は巧みに符合を組んだように話題を変えたな、とわりと簡単に直感した。

バケツを渡し、ビニールの上に小気味よく液体を散らす。

浜田が運ぶ度に、「どうもごくろうさん、わるいねえ」と、言った。この反復を終え、三人はブルーのシートに坐って一服した。松の葉末が、微風にさわぐ。浜田が言う。

「横堀要塞に、鉄塔が立ち始めたよ」

重大なことを、あっさりと。

「やりましたか……」

やはり始まったな、と僕の神経は来るとはわかっていても、ああ、やはり来たと、沸騰した。戦争がひたひたと近づいている。ヘリが、やたら回る。警察や、報道の。新聞社の社旗をたなびかせる黒い自動車が腐るほど眼につく。
二、三時間で終わった。三人は、また、農家に脚を戻す。お菓子。僕は、先刻のライセンスがあるので、平気で食べた。
援農と違い、まだ薄暮が訪れる前に、団結小屋に帰る。

驚いた。学生フラクと神奈川の学生フラクが、ほとんど全員、部屋にごっそりと詰まっていた。学生フラクキャップの西田、副キャップ格の陽気な沢口、気の強いヨーコ、それに上杉、吉井……。

沢口は僕を見て、米軍お下がりの服を着て、「いいだろ」と子供っぽく笑った。僕は、バッグから同じものを出して、にやりと「おんなじですよ」と笑いの返礼をみまった。

「わはははは」と、沢口は二本歯の欠けた前歯を天井に突き上げて大笑した。

「じゃあ、これないだろ」と、沢口は自衛隊お下がりのゴーグルを出した。連鎖して吉井は、スキーのゴーグルの、穴をガムテープで武骨に貼った代物を出した。西田も洗練されたスキーゴーグルを出して、その、巧みに穴をセロテープで繊細に閉じた部分を眼で撫でながら、

「しまったなあ、全員、ゴーグル持って来るように、意志統一しときゃよかったなあ」

と呟いた。

上杉、ヨーコ、井上は持っていない。

「ありゃあ、慣れるしかねえよな」

と、党員、つまり幹部で、もう何十年も運動をやっている巨体の、ゲバ子、と呼ばれ、時々男に間違えられる女が言った。ガス弾のことだ。

「井上はどうしたの?」

皆が戦争に場違いのはしゃぎあいをしてる中、吉井が真剣な声で訊いた。

「なんか鳶職やってるらしいよ」

ニャンケにゴーグルをつけていた沢口とヨーコが爆笑した。「ころげ落ちてんじゃないの」

と、上杉が笑った。

「違う、斗争の意志統一の方だ」

吉井は眼鏡をすり上げた。

「大丈夫、完璧だ」

「具体的に集約してくれ」

「四月二日まで斗争。パクられてもよい、ケガも覚悟、だ」

「異議なし！」


「あの、この前初めて集会来た大人しい子でしょう？　空気は入ってんの？」

と、ヨーコが疑問の声をつけ加えた。デモになると、この声で濃紺の機動隊に「青ガラス」

と至近距離で絶叫する。

「いや、みかけ程弱くないよ。ただ、時間的に系統的オルグは不充分だったけど、思想性は
ある」

「どうして?」

「問題意識があるからさ。なんとかって写真家の三里塚写真で凄く興味もってる」

「じゃあ、やる気なのね」

「うん、ゴリッとしてる」

沢口がニャンケの前脚を持って踊らせている時、丁度、げっそりと井上が帰って来た。

「よう、どうだったよ」

獲物を待つ声で、沢口と上杉が偶然の合唱をした。

「いやあ」と、井上はへたりこみ、「恐かったなあ。二階建てのバラックの天井に上がってさ、器材運ぶったってさ、何度も落ちそうになってさあ、機動隊が見てっから四つん這いでやるわけにもいかなくて……」

学生フラクは、井上を肴に、笑い酔った。

「写真は?」と、僕は笑いの風船の中に針を刺した。

「うん、ぽかんと口あけて上見てる機動隊や刑事撮ってやった」

「どうだい、余裕だろ」と、僕はヨーコにウインクして、刹那、脳裡に浮かんだ発想の水平移動を口にした。「ところで、駅はどうだった」

ヨーコは憤激の輪郭に彩どられた唇で言った。

「ひどい、ナンセンスよ。乗る途中でバス停められてね、マルキが入って来て身体検査するなんて言うからみんながナンセンス！　ってつめよったら、仲間の一人を警棒で殴りつけてね、凄い出血したのよ」

昂奮すると手ぶりをする。段鼻が気の強さを証明しているようだ。ふんわりとした顔だちと長い睫がいい。感情がすぐ眼に出る。オルグや討論で興が来ると、瞳孔が開いてくる。昔は結構遊んだという。セクト活動家は二種類あって、一つは東京で遊んだり、アノミーや冒険心で入って来る範疇、他は何も知らないで田舎から出て来て入学式などで一本釣りされる魚達。西田は少し遊んで洗練されている。マスク、学歴、ファッション、会話も。対照的な、なりふりかまわずの沢口は、冒険者か。

冗談が時計の針とともに回り、小屋の天蓋を夕暮の色が覆う。西田が、ゲバ子、労働西区、多摩区、などのフラクキャップ、職革の数人と、臨時の幹部会議を開催している。労働者が、大阪や名古屋、四国、九州、のナンバーの車で次々と集結する。二部屋が、五十人近くの肉塊に埋まる。

ラジオからはＫＩＳＳとＢＣＲが流れていた。急にＵＦＯと微笑がえしになった。「もう八十万枚だもんなあ」と僕が嘆声をころがすと、上杉はその球を拾って、「それだけいりゃあ、革命できんのになあ」と呟いた。

「鉄塔が高さを越えたぞ！」

二月六、七日。航空防害の名で、適当に法をみつくろって、要塞上の鉄塔を、機動隊は全力で破壊蹂躙した。

叫びで、ほとんどが外へ出た。左手の、小さな丘の上にのぼる。全員は、眼前の美に恍惚とした。闇の中、白銀の鋭い投光の中、古代空中庭園のように要塞は豁然と草の上に顕現し――D派、S派などの真紅の旗が傲然と舞うその美麗なコンクリートの活火山の上に、堂々と噴煙の如く鉄塔が仁王立ちしている。放水が、火炎瓶が、このオブジェの美しさを、動乱という名で高めあげる。ガス弾が、楼閣の美に挑戦する。白光の中、前日の月食で持ち込んだ石、弓、鉄片が沛然と降り注ぎ乱舞する。

小屋の中に入ると、テレビ、ラジオの緊急ニュースが、横堀要塞に、機動隊関東管区の本庁、千葉の、精鋭が包囲し戦斗が始まった、と上ずった声を惑乱させている。

「誰かレポやってくれ」

と西田はトランシーバーと双眼鏡を出し、上杉がいつもの俊敏な調子で喜びいさんで笑みのまま、「はいはい」と持ち逃げして、小屋の前に停めてある宣伝カーの上に昇った。

沢口が片割れのトランシーバーを持って、周りにヨーコや吉井、僕が固まる。「おい、どう？」

と、沢口が軽い声で交信の先発をひきうける。

「綺麗だなあ……」

全員が笑った。西田が苦笑気味に「上杉、真面目にな」とクギをさし、一同はやっと任務のレールに戻る。

「あっ、今、クレーンが近づいた。でも火炎瓶で退がった、どうぞ」

「了解、どうぞ」

「ええと、下が泥で装甲車動けず、わはは、どうぞ」

「ははは、どうぞ」

「放水また凄く、ガス弾も。綺麗だなあ、上からは投石、どうぞ」

「はいはい、どうぞ」

皆が、マスメディアと実況に神経の器を二分にして反応する。

西田、幹部、現斗は四畳半で密談を始めている。否、完全な、正当な軍事会議だ。

タヴーのドアが開き、西田が顔を出して、吉井にレポを命じる。吉井は緊張した顔で前線に行く重厚さで出て行く。少したって、上杉が「いやあ、綺麗だったなあ」と花見の気分で帰って来た。すぐに、トランシーバーから、吉井の張りつめた声が爆発する。

「ただいま、敵権力にむけて七、八、九本の火炎瓶が圧倒的に投擲された。一本装甲車に命中、炎上せり、ブルドーザー、クレーン、ミゾ堀り機……あっヘリコプターよりガス弾、ナンセンス！　どうぞ」

「了解、どうぞ」

「それに対しわが軍は、投石を戦斗的に貫徹、断固たる思想性をもって敵権力福田反革命の犬を粉砕！　どうぞ」

「了解どうぞ」

「戦斗激化、ガス弾と火炎瓶の攻防戦、敵クレーン車はわが革命的攻撃にたじろぎ一歩も近づけず、あっ、敵放水車接近！」

「了解、どうぞ」

「これに対しわが軍は実に戦斗的に、あっ、巨大なボウ・ガン、アーチェリーのような鉄の矢を射る。おお、放水車に貫通！　周りのマルキは日和って撤収、再び革命的な火炎瓶攻撃に、権力はまさしく爆砕されている！」

部屋は、「了解、どうぞ」と言ってスイッチを切る度に、沢口、ヨーコ、上杉や僕らを核とした円周上で、吉井の大時代的な口上に、しとどに笑った。

僕は、上杉が美しいと強調する言葉の反復に動かされて、カメラを持った井上とヨーコと外へ出た。一、二メートルの丘にのぼり、上杉の審美感を試験してやる。

井上が「綺麗だ……」と憑かれたようにシャッターをきる横で、僕の眼は、そこに戦乱で今まさに散らんとするが故に逆説的に美しさを放ったであろう金閣銀閣、大阪城の黄金の茶室や盧舎那大仏の凛冽な美の威風を見た。

不夜城。銀の中の、血のような赤。砂漠の中の蜃気楼の如く妖しく、コンクリートの肌は四方からの噴水にしっとりと濡れそぼち、火炎瓶とガス弾が夜光虫のように明滅する。「戦争は……美しい」と、僕は思わずワグナーのモチーフを想起した。戦場の上に、馬上のワルキューレの歓喜の騎行を見たような気がした。

登山スタイルの五、六人が小屋から出て来た。大きなリュックサックを背負っている。幹部らが出て「がんばれよ」と、明るく言った。労働者フラク、神奈川フラク、関西フラク、現斗の西城がいる。喜々とした脚。西城は「あいよっ」と言って、ヒット曲「勝手にしやがれ」を勝手になまらせて鼻歌気分で闇の中に消えて行く。

「さよならとゆうのもなんやら……あばよとサラリと送ったれや」

「生きて帰りゃ、いいフィルムライブラリーができんな」

と僕は言った。「うん」と井上は上気してフィルムに、ヨーコや僕、上杉はその黙示録的な美をともに瞳に、感光させた。

僕達は呼ばれて部屋に帰った。儀式が待っていた。

「対権力だ、電気消せ！」

幹部が叫び、すべての光は去った。ランプが床に灯され、吉井も含めた総員が、きちんとしつけられた小犬のようにおふざけを一転させて、幽邃な沈黙と緊張の眼を創った。こういう一瞬のきりかえは、各自が充分訓練されていた。西田ら数人の幹部が四畳半から出て、立っていた。静寂の中、畳が軋む。ゲバ子がどすの効いた声で、腰に手をあてて叫んだ。

「すべての同志諸君！　戦斗は始まった。今や横堀要塞におけるわがS派同志は、まさしく敵権力機動隊の放水とガス弾攻撃に対し、徹底的に革命的な火炎瓶、投石決起を克ちとっている！」

「異議なし！」

ランプを中心にぎっしりとデモ並みに円周状に詰まって坐っている全員が応えた。

「これは前哨戦である。我々の明日からの戦いが、この三里塚斗争の決定的勝敗と、わが党の命運を決する一大決戦となろう！」

「異議なし！」

ランプの黄色い、針のような光芒に照らされたアジテーターの顔は仁王や野獣となり、一同の全身は硬直した。肌はまさに〈革命〉を感じとり、戦場の名のもと、殷賑で軽いすべてのものは放逐された。沢口や吉井の口は岩石のように粛然と凝固し、上杉も含めて動物的な眼を光らせ、ヨーコは斗争心にぎらついた瞳孔にランプの光をうつし、僕と井上は既に心の中の戦争の火ぶたをきらせ、表情を白熱させていた。

「これから行動に移ってもらう」

西田が冷然とした声を、立って発した。赤いヘルメットが回る。各自が必要品をナップザックに入れて背負う。タオルやマスクで鼻と口を覆う。これをすると、外界から隔絶された感じになって、斗争心が湧く。表へ出る。安全靴を履く。門を出る時、誰もが脚にずっしりと、戦場での死の覚悟の重さを感じる。三十余名は普通のヘルメット、吉井を含めて十数人はオートバイのヘルメットをつけた。行動隊、だ。二部隊が隔然と分けられる。

幹部が怒鳴った。

「ただ今から、身元のわかるもの、学生証、免許証、マッチ、商店名の入った手拭い、キャッシュカード、すべて燃やす！」

「免許もでっか」

関西の活動家がか細い声で訊いた。

「全部だ！」

容赦のない雷鳴が返った。

掘った穴に、かなりの書類とともに、押収品は荘厳に投げ込まれた。燃え残らぬよう、ガソリンがかけられた。炎が神聖に舞った。それは、昂然たる死と再生のイニシェーションだった。闇の中の赤い炎と、要塞戦の罵声、怒号、ヘリの重い音は、心理学的狡猾さで、一同を異次元の戦士社会へと導いた。

集会が始まった。深夜の集会は誰もが処女経験だった。炎を横顔に蠢動させたアジテーターが、決意表明を絶叫する。命令されたわけでもないのに、皆昂奮して絶叫し返す。活動家達は、自分が歴史になったと感じ、全身に感動の鳥肌を立てる。

「すべての同志諸君！　ともに進みともに突撃し、ともに傷つきともに死のう！　同志諸君！戦斗の幕は切っておとされたのだ！」

僕達は、狂ったように「異議なし！」を絶叫し、恍惚の頂点に舞い上がった。

最後に、肩を組んで横に揺れながら、インターを歌い、若きプロレタリア兵士を歌い、ワルシャワ労働歌を歌った。皆、表情を忘れるほどトランス状態だった。ヨーコや何人かの女は、眼を濡らせていた。

吉井を含めて十数人の行動隊は、団結小屋に入った。残りの三十人余は、トラックに分乗して、移動した。もう誰も口をきかなかった。僕も、上杉も、ヨーコも沢口も黙っていた。ただラッシュのように詰めこまれ、僕と上杉が、曲がり角で唸った。叢林をぬけると、突如空港が視界に入った。大きかった。横に、どこまでも拡がっていた。皆、一勢にナンセンスと叫んだ。サーチライトが、空と地上に狂奔の光芒を射通している。光は緊張し、空襲や戦争を想わせる。赤、青の無数のライト。原始の中に佇立する幾何学の影像。ターミナルビル、管制塔、鉄条網。そしてそれはまた黒い木々の中に消えて行った。

見たこともない何軒かの農家に、部隊ごとに入った。多くの蒲団がずらっと並んでいる。僕の隣は上杉と沢口だった。

「どうなるんだろうなあ」と僕は上杉に言った。

「どうなるんだろうかなあ。ねえ、沢口さん、どうなるんすか」

「どうなるんだろうなあ」

と、地顔なのだがどんな時もぼっと楽観的な表情を保っているその顔を見ると、そこはかとなくホッと安心して、にんまりできる気がした。

「でも、最初お前レポやってオートバイヘルかぶってたろ、あそこで替わらなきゃ行動隊入れたんじゃないの？」

僕の問に上杉は、

「いや、違うよ、来る前に奴に訊いたんだけど、あんまり言うとまずいんでここだけの話だけどよう」と上杉は蒲団から口を突き出して僕の耳に近づけ、「突撃部隊は六カ月も前から決まって、系統オルグうけてたらしいぜ」

「ほんと?」

「訓練もしたみたいだぜ。あと色々特別なこととかさ、吉井なんて腹の周りにマンガの本四冊縛って、その上にオーバーとコート五枚だぜ。ゴーグルも義務だしさ。党が選んだんだろ、実績や性格や逮捕歴なんかみてさ」

「さすが、伝統ある党派だな」と、僕は他人事のように感嘆した。

「吉井が選ばれて、なんで去年十二月ゲリラした古い沢口さんが選ばれなかったんだろうなあ」

「やっぱ、危ない、って思われたんじゃないの」

と、二人はくっくと笑った。

党派は、活動家を表と裏に分ける。表は、アジテーターやイデオローグ、つまりまずは細胞キャップ、次にはフラクキャップ、洗練されて学生や労働者議長、書記長、そして党へ。職革の政治局員や書記、専従に。裏は、まず乱斗、次に突撃隊、洗練されて地下へもぐり軍事要員。内ゲバやゲリラに。——この光と影が、七十年代中ばから、生まれて来ていた。

寝入ったら、急に顔の上に猫が落ちて来た。僕は驚天動地のパニックにおちいった。上杉が向こうをむいて、くっくっくと笑いをこらえていた。陰謀とわかってつつくと、白状した。自分の顔の上に歩いて来たので、同じ驚きを共有したいと思ったらしい。先刻のアジで、野戦病院隊が寝てる時、戦いの前日に機動隊が襲って血の雨が降ったと聞いて、ナーバスになっている。こんな時は猫一匹が爆弾だ。僕は同じ茶目っ気で、存在が喜劇的な沢口の顔に乗せると、案の条でんぐり返った。上杉と笑って、次はヨーコの脚の方から、蒲団に入れた。するとこの時限爆弾は、ちゃんと作動して、少しして、キャア、という声が見事に鳴った。

農民の作った握り飯を食べていた。竹薮で、無人の小さな寺のお堂があった。ヘリが低空飛行で来た。伏せろ、と幹部が叫んだ。笹の葉が、じっと凝固する僕らの上で、葉末をなでる風にさざめいていた。コマンドは、緑色に染まっていた。ヘリは去った。食事を続けた。戦争を、思い知った。

再び前進が始まる。千種の緑の繁茂の中を、木深くなる中を、蔦葉をちぎって、密林を。所々、穴がありトタンがかぶしてある。中は武器だ。春泥の上に安全靴を浸し、放置された稲架のある、田植え前の水田を横目にあぜ道を、ひどい沼沢を、打ち続く畑の中を、堆積した落葉を敵のように踏みつけ、途中で、洞穴や暗緑の中から火炎瓶の詰まったケースを山のように出しているD派や、石を一杯積んだS派のトラックが走るのを見て「異議なし」と拍手する。

「撮りてぇなあ」

井上が言った。

「こりゃ、まずいよ。秘部だぜ」

と僕は、さすがにそう言った。

こんな所が日本にあったのか、と思うような密林が続く。ヘリが来ると、身を隠す。もう、兵士だ。あぜ道を一列で進んだら、一メートル半の段差のある場に出た。僕は腕力に自信がなく、かなり心配したが、いざ草をぐっと握って一蹴りすると、火事場の馬鹿力で、いつしか僕は新しい未知の草筵の上にいた。背の低いヨーコには、酷で、僕と上杉が手を引っ張って、上げた。先頭の西田や末尾の沢口が、時々、止まれ、走れ、伏せろ、の手の合図をし、僕たちは段々ひらけた所に出た。ある農家の庭で、昨夜別れた部隊と合流して、その三十余人で小集会を開催する。ヘリの重音が、アジの伴奏をする。もう無視だ。

午前九時頃、僕らは菱田小学校の校庭に集まった。初めて眼にする場所だ。寂寥としている。死を想わせた。一面に、泳ぐようにガソリンの匂いが立ち迷っていた。同時刻、三里塚第一公園ではT派、K派、住民団体、解放同盟、ノンセクト、アナーキストや諸ブントなどの白青黒赤のヘルメットの花々が咲いている。一万以上も。こちらは、S派、D派、P派の戦斗員のみ、七、八百人はいる。すぐセクト各々の独自集会が始まった。アジは研ぎ澄まされているが、昨夜のような激昂はない。夜でないせいか。心がゲバルトに飛んでいるからか。

団結小屋の三十数人の他に、色々なバラックやテント、ワゴン車から湧出したS派は、百数十人。皆普通のヘルメットで、バイクヘルの吉井はいない。西城もいない。浜田は前の方で腕を組んでいる。

「マルキは何人だい?」

僕はアジを片耳にまかせながら、一方でひそひそ上杉に質問をぶつけた。二日分、早く来たので情報がない。その空白を埋めないと、さすがに不安なのだ。

「確か一万四千だ」

「横堀要塞の方はどれ位行ったんだろ」

「さあ、確か一個大隊五百人とかきいたなあ」

集会の前に立つ西田は、手話で幹部に訊いた。

「今、横堀の方は?」

「本庁、千葉の精鋭四千はくぎづけ。かつ道路を車炎上させて交通路麻痺、残りの一万は地方の寄せ集め、それもいい所はT派マークで第一公園だ。我々の行く松翁は少し強いが、あとはクズだ」警察無線を聞いていた幹部が、言って、にやりとした。計画通り、完全な妨害電波が入っている。ピンクレディーのメドレーだ。今や、ヘリを含めて全警察は盲目になっている。

「邪魔をしないで……私たちこれからいいところ……」

校庭の向こうでは、木造の小学校校舎が、クレーン車でとり壊されつつあった。空港とは何の関係もない作業員は、眼をぱちくりさせる。眼の前では、ビール瓶にガソリンを詰めトラックに積み、鉄パイプを配っているのだ。淡々と。

メリメリ、ギギイ、と校舎は世界の終わりのように葬られ、机や椅子が転げ落ちて粉砕される。

「綾野、いないかなあ」

と井上が言って、万引きする気分でナップザックからカメラのレンズをちょっと出して盗み撮りしていた。

十時、合同集会が始まる。S派、D派、P派代表が言葉の刃をばらまく。六十歳の農民、反対同盟委員長、連帯する会の世話人の七十歳の老人が残りの命を吐きつくすように怒りのアジテーションを演じ、一同はやっとエンジンに点火して、昂奮極まって「異議なし!」の拍手の洗礼を送り返す。

手ごろな石を山と積んだ白い軽トラックが横を通り過ぎる。火炎瓶と人を積んだ武装トラックが猛然と走る。できた火炎瓶がトラックに積まれて行く。連絡手段を失ったヘリは、ただ蠅のように無意味に空を舞っている。凄いガソリンの臭い。

「いい匂いだなあ」

僕と上杉が言った。

十二時、集会は終了した。インターを唄った。

「最後のインターになるかもな」

そう言って僕は、上杉や井上と握手をした。各派の指揮者が動き、確認をする。僕達は火炎瓶部隊と投石部隊に分かれ、隊列を整えた。浜田や沢口は前者、僕や上杉は後者に編入された。五十人位のD派の班の前でD派の男が「この中で火炎瓶投げたい奴いるか?」と怒鳴り、何人かがウォーと手を挙げた。その自由なやり方に、S派は、仰天して、笑った。

鉄パイプを背負ったD派の一部隊は、隊長が「いいか、これはな、こうやって立って抜くと抜けない。こうして腰を曲げて抜くんだ」と叫ぶ。D派のある一隊は、豚追いの、電気ショックの長いスタンガンの強烈な奴を、数十人が持って出かけ、S派とP派が、そのアイデアに、賞賛の笑いを放射する。

ヘリの重い音とクレーンの無秩序な音律とざわめきが前奏曲になり、火炎ビンや石を積んだトラックや赤十字を書いた野戦病院の車が通って行く。一隊、一隊、と進む。

一隊が進む度に、党派の垣根も忘れ、全員が、幹部が、反対同盟委員長や世話人の老人や、農民が、心からの拍手と異議なし、の喧噪を反復する。皆血が頭から末端神経に移り、復雑なことが考えられなくなって、イギナシ、イギナシ、その単調な繰り返しに自家中毒をおこして、酔いに酔う。

一番前の、S派の幹部が叫んだ。――前進―。

僕たちは、ありとあらゆるポケットに石を詰め込んだ。火炎瓶ケースや石を山と積んだトラックが後に続く。東峰から松翁へ、そこと第八ゲートをつなぐ何百メートルかを守るのだ。第八ゲートに突入する部隊の、帰還のコースを確保するためだ、という。軍事の要だ。

三、四列になって並ぶ。斜め前に井上がどこでどう間違ったのか赤い旗持ちになっている。斜め後ろはヨーコ。少し前に上杉、その十メートルばかり先に沢口や浜田がいる。横を、西田や幹部が歩く。

僕らは、じりじりと待った。道は車が一台通れる位の狭さだが、左右はもどかしいような、荒涼とした草原だ。静かな、造ったような草叢。木一本ない。屹立しているのはターミナルビルと管制塔、それ位だ。

警察のヘリ一台と、報道のヘリ数台が、D派がトラック二台で突入した第九ゲートの上に群がる。ゲートからターミナルビルに向かう空港内に、次々と黒煙が上がった。全員の唇から、ざわめきが流れ出た。

戦争は、始まった。

第八ゲート内から、黒煙が上がった。炎上させられた官舎から炙り出された機動隊数個中隊が、小隊ごとに左手から現われた。戦斗慣れしている関東管区らしく、楯で横と上に綺麗にファランクスを造って、じりじりと近づく。一個小隊は百人弱。守るはS派、D派、P派五、六百人。軍手に岩石を、というより砕いたコンクリート片じみたものを溶解させて、射程距離を保つ。僕と上杉はガリア戦記を想起する。誰かが、一つ、岩石を投げた。蒼穹に、くっきりとそれは一瞬停止して、浮かんだ。

「まだだ！」

ゲバ子が叫んだ。

数個小隊が三角や重なりの陣形を造って、距離をつめて来た。段々、段々と先頭の部隊へ肉迫する。最も強い部隊をまず叩くのが、習性になっている。

幹部が、道の両側にガソリンを撒き、火をつけた。風景は地獄に似た。亡霊じみて、赤白い炎がゆらゆら揺れる。オレンジの炎が蛙のように跳ね、這う。

ガス弾特有の臭いがした。特殊なゴムを焼くような個性のある臭い。眼が痛くなり始める。あくびをすると涙が出るのでしようとするが、緊張であくびなどとても出ない。時折、痛みと格斗しつつやっと薄眼を開けられるだけだ。開くと、もう小隊は斜め左十数メートルに用意されている。

「よし、攻撃!」

石が、火炎瓶がどっと舞った。薄眼を開けて、石を投げる。ヨーコも井上も、この眼の我儘には閉口している。鼻水でタオルはぐっしょりと濡れ、息ができずに下げると喉に痛烈な痛みが走る。もとよりこのNCガスは、安保時代と違い強力な、軍事用に使用されている図太い奴なのだ。

野戦病院隊が、軍用水筒の蓋に水を入れて、眼を洗って下さいと叫ぶ。標的もキャッチできないもどかしさにじりじりしていた僕は、ひったくって眼にかけ、視界を取り戻した。とたんに元気になる。視力は、そういう力を持っている。石を投げる。面白いもので、普段強そうな男が臆し、繊弱なお嬢さんが炎の中に突進している。戦争は腕力でなく確信だなあ、と思った。

——機動隊のファランクスが乱れる。楯の細いガラスが砕ける。井上が眼をつぶって旗を振っている。Ｐ派が、横にある火炎瓶のケースを運べ、と怒鳴った。岩石やケースが次々と運ばれ、隊列が前進撤収を繰り返すので、とんだ所にケースや、全身焼け焦げの負傷者や、鼻と口から血をとろんと垂らす戦斗員が転がっていたりする。周りに人がいないので、僕が運んだ。運動神経のいい上杉が適確な投石をしている。通り過ぎて、火炎瓶隊に。帰ろうとするが、ライターを出され、つい一本つまみ食いして投げてしまう。飛んだ飛んだ、予想の二倍も飛んで、ビックリした。眼前十数メートルは炎と黒煙、下はガソリン。所々に噴火を思わせる赤黒い波。黒煙の柱が相方のカーテンの役割を果たし、カーテンの隙間をぬって双方の元気のいいのが時々、飛び出す。

もう一本、投げる。今度は情けなく、全然飛ばないで新しいカーテンを造る。コツがあるのだ。ドイツの手榴弾のように、遠心力を利用するといい、と考える。思考力が三分の二から二分の一位に落ちている。「遠心力……エン　シン　リョク……エンシンリョク？」と考えがまとまらない。やはりただ投げるだけになる。飛ぶのと飛ばないのが半々だ。

カーテンの林立から帰った沢口が、「あれえ、おまえ、なんでいんだよお」と笑った。これが西田だったら任務に戻れと雷が落ちる所だが、沢口は笑って、「前には飛び出すなよ、時々集団で襲って来るからな」と言うと、また数十本のカーテンの中に勇猛に叫んで消えて行った。Ｓ派でなくＰ派の塊の中にいるのに、気付いた。だから見つからなかったのか。

ここは、一番恐い。後ろから、石が飛んで来る。背中にあたると、悶絶する。強い機動隊が火炎瓶を投げ返したり、ガス弾を撃ちに、カーテンから出て来る。投げ返されて全身が燃える仲間が帰って来ると、周りの人間が砂にまぶして消し、野戦隊へ運ぶ。全身火傷だ。顔や手が焦げている。機動隊の分隊がファランクスで、ガス弾を撃って突撃して来る。至近距離で当たれば骨折。頭や顔、首、なら死ぬ。

カーテンの向こうからの、ソーセージのようなガス弾がヘルメットに当たった。殴られた感じで、ひっくり返る。数十メートルの投石部隊まで水平に飛んで行く。眼の前で、パンと爆発して、白い粉が舞い、完全に眼をやられ、後ろに歩き帰った。楯が炎にまみれ、放棄して戻る機動隊のように。

石とガス弾で、機動隊や戦斗員が何人もカーテンの間に転がっている。しかし、助け出せない。井上とヨーコをみつけ、やっと元の位置にぴたっと嵌った。

濃紺の部隊と押しあい押し返しの白兵戦になる。眼が死んでいるので、どちらに何がありどこへ何をしていいかわからない。撤収でヨーコによろける。髪にシャンプーの新鮮な匂いを感じた。前進で井上によろける。

「カメラはどうした？　一世一代のシャッターチャンスだぜ」

「あっ、忘れてた」

と井上はねじ出し、「くそう、ピントが……眼が痛くって……」と言いながら、旗を肩と首に挟んで、炎の這う野原や道端を徘徊し、西田に「駄目じゃないか、配置につけ！」と怒鳴られた。撤収の声で眼の見えない何人かが転がったりすると、「しょうがねえなあ」と横の幹部が苦笑する。堂々と腕を組んで。

機動隊が、一個小隊がつぶれ、次もつぶれ、負傷者の山となって、撤収する。道路側は、野戦病院部隊が負傷者を次々と運ぶ。骨折、全身火傷、脳震盪、出血で血まみれの戦士。

この道を守らねば、第八ゲートに突入した数百の部隊は帰還できなくなる。それは、三派の潰滅を意味した。まったくの盲目で、僕らは黙々とビニール袋に詰まって運ばれて来る石を投げた。

眼が見えないと、恐怖がうまれる。道端の、口から血を出した男を、誰も助ける余裕がない。ヘリが飛ぶ。重低音。ヘリからのガス弾が来る。恐怖だ。

最後の小隊をつぶすべく、指揮者はボロボロの「わが軍」を叱咤激励して怒鳴った。ガス弾がヘルメットに当たる。井上は疲れ旗にもたれ、ヨーコはフラフラし、上杉も荒い息で、沢口も脚が重い。

ヘリが、蚊柱のように管制塔の周りを舞った。西田が前から「管制塔が占拠、粉砕されたぞ」と、全員に言って回った。皆、石に石をぶつけて拍手して「異議なし」と言った。むろん、誰一人信じていない。いつもの機関紙のように、ビルに一歩入ってもめた位で、占拠、と表現しているのだろう、と思った。西田自体さえもが、そう思っていたのだ。

機動隊数個中隊は、完全に退却分散した。彼らも指揮官以外は丸いゴムのゴーグルがなく、ガス弾の洗礼に自家中毒をおこしてしまったらしい。

「撤収！」

最後の汽笛のように、ゲバ子が拳を上げて絶叫した。

服は少し焼け焦げ、軍手が片方ないことに、その時やっと気付いた。

団結小屋にとまった吉井らは、やはりバイクヘルの数十人の部隊と、星華学園跡などから東峰を通って第八ゲートの柵に歩き進んだ。Ｐ派やＤ派と。あわせると数百。Ｄ派の数は凄かった。完全に主役だった。Ｄ派は鉄パイプ、Ｓ派とＰ派は角材を片手に、もう片手に危ない瓶を。最初の柵で、機動隊は、全力でサッと逃げた。ヤクザの会合でヤクザの背広をつかんで引き回す、暴走族をリンチする、デモで殴りかかる機動隊が、霧散したのには、驚いた。うれしさより、驚きだった。何か、とてつもない巨大なものが変わったような気がした。

横の、機動隊宿舎に放火した。眠りから炎に叩き起こされた機動隊は、右往左往して逃げた。

全能、を感じた。

S派は化学式の、点火しなくていい火炎瓶を持っていたので、それにぶつからないよう、D派の指揮者が叫んだ。ゲートに入る時、横の機動隊は、ただ映画を見るよう唖然として見送った。武装トラックを先頭に、右翼をD派、左翼をS派でゲートに入る。平和な、交通標識や白線がある。D派は先頭指揮者がハンドマイクを持ち、S派は旗を持っている。

ターミナルビル下数十メートルが、戦場になった。信号、横断歩道、フェンス、花壇、路肩のオブジェ群の中で白兵戦となる。水銀灯が見守る。鉄パイプが曲がり、角材が折れるほどの戦斗で、機動隊は崩壊する。ただ、豚追い兵器は役に立たず、パクられる。機動隊は指揮車や装甲車のうしろに背を見せて帰り、楯を顔まで上げて、ただ炎と黒煙の彩色を見守り、じっとする。放棄された楯の上で寂しく燻ぶる動物イラストや部隊名。

ターミナルビル周辺を、完全に制圧してしまった。まるで平凡なオフィス街を占領したようだ。実感が湧かない。綺麗なビル。ただ、パンパンと拳銃の音だけが、仕出かしたことの大きさを証明していた。

しかし、横断歩道の向こうで、かくれんぼするように装甲車の後ろに逃げこみ、火炎瓶で挑発してもイヤイヤをするよう一向に出てこない亀になった機動隊は、引きあげる部隊に襲いかかった。ロシアから帰還するナポレオン軍のように、傷ついた軍は、脆くか弱かった。数時間の激斗で、管制塔の赤旗を見て、任務が終ったと涙ながらに喜悦してもう四肢は弛緩して、勝利に、もうどうでもいいや、パクられてもいい、死んでもいいや、と神経が微睡んでいた。

ソルジャーは肉体疲労の極に達し、精神だけで動いていた。波状に、攻撃された。その度に、血が走り、何人かがパクられる。歩けなくなった者、溝を飛び越えられなくなった者は、夢にまで見た空港内で、命運つきて牢獄入りが決定した。吉井は歩いた。思想のエネルギーは尽き果てて、同志で恋人の顔を噛みしめることで、なんとか脚が動いていた。自分が思想の上に別のものを置くとは、考えられなかった。不思議だ、と苦笑した。苦い味で。

帰る際、入る時に呆然と見送ったゲート横の官舎から、機動隊が横水平のガス弾のつぶてを砲撃して来た。何人かが、倒れた。

D派の臨時救急車に、血まみれや全身火傷の負傷者を助ける仕事を、吉井は、ゲートを出てから、手伝った。ゲートを出て気づくと、上のコートのボタンがすべてちぎり取れていた。本がボコボコだった。左手がブラブラ百八十度回っている。元学生フラクのキャップで元内ゲバ用地化部隊RGのメンバーだった金田が「おい、おまえ、それ、なんだよ!」と見て、驚いた。

「えっ、あっ、回ってますね」

「回ってますよじゃないよ、見せてみろよ、骨折だよ、お前、仕事どこじゃないよ、すぐ車に乗って病院行け」

全然痛くなかった。車中で、数枚のコートを体から剥がし、本を取り、服を脱ぐと、躰中は青痣に綺麗に染まっていた。

第一公園には、千近くのK派と千人以上のT派が全体集会に合流していた。ヘリが飛ぶ。両派を警戒して精鋭機動隊が周囲を囲む。午後、急に高所の反対同盟がざわついた。一人がマイクをつかんで叫んだ。管制塔が占拠、破壊された、と。激昂した声が雷鳴になって轟いた。一勢に、唸りが、一万以上の声が地鳴りになって地を顫わせた。

昨年五月八日、鉄塔決戦でゲリラ戦を行ったT派とK派は、千代田農協前で坐っているS派やD派に戦況のビラを誇らし気に配った。今回は、逆にD派とS派が配る。

K派の青ヘルメットの群の中で隣の人間と議論していた田村は、空気をつんざく絶叫の中、くっ、と顔を歪め、ビラをむしゃぶり取って、拡げて戦況を分析した。

「やろう……主役はD派だが、作戦はブント……S派だな。間接的アプローチだ。横堀要塞に四千、他の精鋭をここや空港外にひきつけ、第九ゲートから突入して混乱、その隙にマンホールから突入部隊が出て、その間第八ゲートから突入して注意をそらす……完璧だ。机上シミュレーションしたな、やろう」と、周りの人間に眼をすえた。「おちつけ、大したことじゃない。兵法の基本だ。騒ぐな、まだ革命じゃない、おちつけ」と、田村はいつまでも呟き続けた。

「やるのは僕たちだ。まだ革命じゃない……」

仲本は、白ヘルメットの中、立ち上がった。拍手した。全身に力が漲った。右手の拳で右の膝を叩いて言った。

「革命……革命じゃないか……畜生、僕も……」

そう、ひび割れた唇から吐き出して、敵党派の戦斗に拍手した。

横堀要塞の上から、クレーン車や機動隊、装甲車や指揮車、ブルドーザーがオモチャに見える。ガス弾と放水。むしろ建設の方が苦しかった。こんなものはもう、エピローグに過ぎない、火炎瓶のお返しをして、装甲車の天井にあてて、建設隊の綾野はガッツポーズをとった。ここ数日は援農にも出ていたが、その完成までが地獄だった。綾野は同じD派の仲間が巨大な弓の新兵器を試すのを手伝って、弦を引いた。オデュッセウスの弓並みに、放水車に鉄の弓は射通された。周辺の機動隊が慌てて逃げた。

D派が、S派が、反対同盟のじいさまが火炎瓶を降らせる。

要塞の中には、ベッドや冷蔵庫もある。ガソリンや瓶もたっぷりと。そしてその下には二本のトンネルがある。これはスパイでバレてしまったが、出口はわかっていない。逆に公団に入れたレポの情報で、仲間が管制塔にたどりつき、赤旗が舞っているのが見えた。無線にピンクレディーの曲が流れ、機動隊はその絶望的な敗北さえ知らない。

「ちっくしょう、うれしいなあ」

と、綾野は太ったS派の現斗の方を叩いた。

「こいつで乾杯だ」

と現斗は火炎瓶をコチン、とぶつけて投げた。

「ぶっ壊しだってよ」

「ほんとかよ……ああ、ヘリが凄えなあ。S派の旗が裏がえしだよ、あっはっは」

「よくのぼったよなあ」

「われながら、よくいったよなあ」

と言いつつ、岩石や瓶を投げた。ガス弾は迷惑だったが、それも、放水のおかげでむしろ助かった。爽快だった。コンクリートの床と、一体になった気分だった。

まず第九ゲートから、二台の火炎車が空港に突入した。火炎瓶のつぶてで、ターミナルビルに近づいた。黒煙が踊り上がる。ビルのガードマンは軽く逃げた。パトカーが逃げる。よく考えれば凄いことだ。警官が逃げ回る。大立ちまわり。機動隊装甲車の中に逮捕された仲間まで救出する。

第八ゲートでも激しい戦斗が始まる。

その大混乱の中、西城らD派、S派、P派の十数人は、前日から一泊したマンホールの暗渠に別れをつげて、穴から地上へ出て、戦場の中、平和なビルの中に突入した。ガードマンは、ころげて逃げた。職員は、呆然と佇立して見守った。エレベーターで七階で乗りかえ、十四階へ。その上には行けない。電子ロックなど、二重、三重のガードシステムがある。天井に、穴を開ける。十五階のバルコニーに出て、D派とS派の旗を棚引かせる。そのうち六人が、パラボナアンテナの後ろの鉄のブロックに、幹部、獄中のトップの趣味で登山家が多いS派を前にロッククライミングする。一メートル余の、恐い管制塔下のデッキを背を丸めて歩き、バールで二重ガラスを割って、のそっと管制室に入った。職員が天井に逃げる。中は空になった。重要書類、機器、空港の一切が凝固されている。十数年間の一切が。突入した六人は、背のリュックから巨大な木槌などを出して、レーダーやコンピュータ、を壊し始める。最先端機器が次々と鉄クズになって行く。西城は「花吹雪や」と、重要書類を窓から投げた。それは、舞った。絢爛な万華鏡になって、青い空を揺曳した。


薄暮。ヘリの音。どこか小さなグランドの跡地。おっかあが何人かいる。S派が集会をしている。本当に管制塔を壊したと、西田を含めて皆初耳で、仰天を通り越して呆然としていた。

開港不可能を堂々と宣言するゲバ子に、皆は熱狂して、歴史の熱球に触った気になった。

「ちょっと悪いけど」と上杉が言った。

「チリ紙少しくれない？」

元々鼻炎なので腐るほどチリ紙を退蔵していた僕は、井上やヨーコら、周りの人間に気前よく御祝儀よろしく配った。一勢に鼻をかむ。

第八ゲート突入部隊が帰って来た。おっかあやS派の凄まじい拍手。半数が立ち上がって迎える。鼻血、服の一部が焦げている者、野戦病院隊に包帯を巻いてもらった者、割れた眼鏡、ちぎれたボタン、所々に血、びっこ、満身創痍。

吉井がいない。

「死んだな」

と、上杉が呟いた。

「あいつのことだから、パクられるより……死んだな」

「俺もそう思う」

二人は唾をごくんと飲んだ。ひりひりの咽喉で。

隣に、部隊は溶け崩れるように坐った。「吉井は死んだんですか？」

上杉と僕が、三十歳でまだ学生フラクにいる人間に同時に訊いた。

「えっ、死にゃぁしないよ。手折って野戦から病院行ったよ」

なるほどそういうパターンもあったのかと、僕と上杉は初めて思って「ふうっ」と安心し、逆にちょっと、残念な気もした。


電車数両をぎっしりとS派やD派が占領していた。椅子や地面に坐って。二日までの斗争は中止で、即帰ることになった。一般客は恐がって入らない。連帯する会に名を連ねる七十歳位の老戦士二人が坐る前で立って上杉は、駅でもらった号外を読んでいた。

「第九ゲートから突入したトラックをパトカーが追いかけ、追いかけられたパトカーは慌ててターミナルビルの方に逃げた」

「なんか、文がめちゃくちゃだな」

「あせって書いたからだろ」

「農民Aはこう言う『ようやってくれただよ、おらあうれしくってしっかたねえよ。胸がスッとしただよ。もう空港なんかできめえよ』」

総員が拍手した。

老人二人が語り始めた。砂川の熱気を想い出しますなあ、十・八羽田の時も凄かったけど入れませんでしたのにねえ、国会の時も壊せなかったしねえ、今晩は昂奮して寝れませんよ、何年ぶりですかねえ、こういうのは……。

横では、西田が沢口に、昂奮して笑いながら喋っていた。

「まさかほんとに壊すとはなあ、ちょっと入った位と俺でさえ思ってたのによう」とヘルメットのまま「アメリカのニュースじゃトップだってさあ。世界の〈ナリタ〉さ」

斗争は中止で、替わりに、連日の情宣を指令された。

情宣は、戦争だった。普段なら、カンパは二、三千円、署名も十数人、誰もアジも聞かないのに、たった十人位で街頭へ出ても、数百人の人間が周りに溜まり、カンパには千円札、一万円札が飛びかい、署名は列をなし、おばさんが「なんであなたたちあんなことしたの？」と話しかけて来、右翼の宣伝カーが殴りこみをかけ、ビラを皆が奪いあい、朝から晩まで、地に足がつかないふわりとした気分で、ビラを配りまくった。

吉井が、帰って来た。祝宴。僕と吉井が借りた、板橋のアパートの非公然アジトで二人になって、僕は第八ゲートの武勇伝を聞いた。本来は規律教条主義で任務のことを口外したりしない吉井が、昂奮気味に片手を三角巾に吊るしながら、喋った。僕は情宣の戦争ぶりや、電車で二十六日に七、八人が事務所に帰ってテレビを見ると、連行される西城がテレビに向かってV

サインをしたことなどを返信した。二人は肩をつかみあって、

「革命だ！」

と荘重に言い放った。

実際、僕らは、それを突破口に、また七〇年代前へ回帰し、八〇年代は六〇年代を再現するとさえ、思ったのだ。


戦争は、終わった。十年も過ぎた。ファミコン、ＤＣブランド、ＡＶ、聖子、マハラジャ、ソアラ——上杉や西田はごちごちのＳ派ＣＣ（党中央）になり、沢口は皇居やサミットにロケット弾を飛ばした、Ｓ派地下部隊のリーダーになってパクられ、田村は分裂したＫ派や退潮新左翼に愛想をつかし新右翼に流れた。仲本は地下に潜り内ゲバでパクられ、綾野はトンネルでパクられて獄中転向で一年で出た。吉井は運動を離れて技師に、井上はホワイトカラーになった。西城は、まだ獄中斗争をしている——。

戦争は終わった。しかし革命は、来なかった。

八十八年千葉刑務所にて書く。

了

# 獄中十二年

一

「では又の機会ということで。今日は大変面白いお話をうかがいました」

広報局長が、ちらっと時計を見て言った。

野口の表情は一変した。

「……今日はそんなことで来たんじゃないんですよ」

灰色のコートを脱ぐと、作務衣の腹からベレッタの三十五口径を二丁取り出して両手に持ち、銃口をテーブルにトントン叩きながら淡々と言った。

「もう私達のトラブルの件はいいでしょう。そんなことはどうでもいいんだ。私がここに来たのはそんなことのためじゃない。いいですか、社長さん」

日本のマスコミ、新聞を代表するといわれている大新聞社の社長、広報局長、秘書はテーブルの反対側で茫然と眼を銃口に集中した。

「私が問題にしてるのはあんたらマスコミ全体のことなんだ。今回の選挙にしてもね、政界再編だ何だと政治も経済もみんなあんた達が動かしている。あなた達が第一権力というのは本当だよ。戦前はまっ先に学徒出陣、特攻隊に万歳して送り出してさ、戦後今はただひたすら自分の国だけが悪かったと節操もなく大合唱してる。違うかい？　靖国や中国問題で閣僚がちょっと本音を言うとあんたらがそのクビさえ取っちまう。ファシストだ何だってね。――俺は少なくとも言ったことはやってきたし、やるといったらやる。あの、あんた達が非難しても手も出せなかった腐敗の政界の黒幕の家を焼き討ちして十二年獄に入ったときもね、俺はあんた達をあざ笑ってたよ。中でね。俺は、今回の件は、こんなことはつまらないことだけど、あんたらマスコミと刺し違えると公言して来た」

野口は銃を両手に持ったまま席を立った。同行した秘書、息子、仲間の後ろを通って社長室の隅に向かった。

「だからやることはやる」

と、新聞社社長室の隅で坐ってから、

「皇居はどっちの方向だ」

と訊いた。

新聞社の幹部達はふと窓に見える皇居の森に眼をやった。

野口はそちらに三礼して、

「スメラノミコト、イヤサカ！」

と唱えると、又坐った。

「野口さん、途中ですけど……」

と広報局長が立ち上がると、

「こわっぱは黙ってろ。男が命を賭けている時に俗な話をするな」

と、野口が一喝した。

そして息子に、

「いいか、男は口に出したらやることはやるんだ。男が節義をまっとうするということがどういうことか見せてやるから……」

と両手に持った銃を両胸に押し当てた。

ふと、あの長い長い十二年を過ごした千葉のT監獄の煉瓦造りの十舎の光景が思い出された。赤い煉瓦の壁。掘ったコンクリートの便所。その下の桶。高い天井。高い窓から見える赤い煉瓦の塔。廊下の高い天井を飛ぶ鳩や鴉。冬の、眼の前に星がチカつき、窓の隙間に置いた雑巾が氷結する寒さ。夏の蚊の大群。部屋の中の白い息。鉛製の水道、厚い木の扉に小さな監視孔、鉄の食器口、そこから入る物相飯に小便汁。沢庵。出房。冬の行進。俳句を創り座禅を組み、わずか三畳間に寝て起き食事し排泄し、用便も検身も全身晒し誇りも人格も奪われた生活。何度も死のうと考え、だが逃げる死は卑怯だとそのつど思い直した。世の中を憂い、新聞を広げて悶々としていた頃を――節を通すために入った、そしてもう永遠におさらばだ。今眼の前の社長を射てば話は早い。それをしたら節は通るが又あの三畳間に十二年だ……もう躰がもたん。監獄で斗う生きざまは十分に見せた。あとは死にざまを見せてやる。それで俺の斗いの人生は完成する。今度は、今度こそは納得して死ねる――。

「タァーッ！」

三十五口径が二発、一挙に躰を通り抜けた。腹に巻いた日の丸を通って、背中に大きな二つの穴を開け、後ろの壁に銃弾は肉片と血と一緒に飛び散った。

静寂。

躰が熱い。ふうっと力が抜けて前のめりに倒れて行く。

ダーンダーン――銃声で印刷工場のことを思い出した。紙を切断する大きなプレス機械の音。字を拾う写植。時々は自分達で作った俳句や短歌の所内誌を楽しみながら造ることもあった。木造の、天上の高い寒い工場。

「配当ーっ」

と、掃夫の頃を思い出した。プラスチックの食器に麦飯やおかずを盛って、房を回る。冬の北風が頬を容赦なく殴る。鼻が耳がちぎれるように痛む。

ふと、意識が戻った。まだ生きている。ちっ、人間は大したものだな。内臓のほとんど半分を取っても最近の医学は生かしちまう。ここで死にぞこなったら、俺の人生は、公約は、あの長い獄中生活が、すべてが滑稽な三文芝居になっちまう。それに――これは切腹だ。日本刀で切腹することは今日は無理だった。止められてしまう。介錯をさせればあの嫌な監獄に道連れを連れて行くことになる。三島のように。死ぬなら、一人でケリをつけなくては。銃、しかないじゃないか。けれど切腹は切腹だ。今、俺は横一文字に腹を切ったのだ。ここで痛みに――そう感じていないが――負けて気を失ったら、一世一代の大失敗だ。上へ、刀の刃を上に向けてひく最後の切腹の作法をしなくてはならない。

右手に力をこめる。仲々入らない。が、心臓を狙うのだ。確実にやらねばならない。

ダーン。

三発目は完全に心臓の一部を射抜いた。あとはまっ黒な闇――終わった。

息子が、「お父さん!」と叫び、「救急車を! 早く救急車を!」と、叫んだ。

広報局長がドアを開け外へ飛び出した。

社長、秘書、仲間、などは呆然と、生きた屍となって立ちつくしていた。

この平和な世の中で、眼の前で一人の人間が台詞通り一分の隙もなく精密機械のように自裁するのを見るのは――むろん初めてだった。

すぐに病院に運ばれたが、医者は首を横に振った。

新右翼の教祖自殺、のテロップがテレビに流れた。

## 二

千葉のT刑も、もう務め慣れて後半に入り、そろそろ田村は出ることを考えていた、ある晩秋の何でもない朝だった。

さて出たら又どんな戦略戦術を考え出して世間を騒がせてやろうかなどと、民族派ゲリラなどで十二年の刑を受け独居房で受刑していた田村は、気持ちのいい風呂から帰った。

独居は三畳の房の中で仕事をする。法律上入浴、運動、作業他一切を隔離されリクレーションも無い。世界との窓口といえば、夜に流れるスピーカーからのラジオと、十五分の回覧新聞、そして朝に唯一何故か自費購入出来る一紙のスポーツ新聞が入るだけだ。

田村は強迫症もあるし、限られた情報の中から出来うる限り社会を読もうとの野心から、朝入るスポーツ新聞や週一冊の週刊誌などは眼を皿のようにして学習ノートにまとめることにしていた。むろん作業中にしたら厳罰をくらう。午前の十五分、昼の十分、午後の十五分の休憩時間に新聞は終える習慣が出来ていた。

風呂から帰り、まだ休憩前、ふと眼を盗んでいつも鉄扉の下の食器口から入ったスポーツ新聞をさっと横に置いて、中を盗み見する。

一面に〈拳銃自殺〉という大文字が眼に入った。サッカーでも野球でもなくめずらしい。芸能人か政治家か？　四つ折りの新聞を裏返すと〈野口……〉と見知った名前と顔写真が眼に入り、瞬間頭の中の回路が動きを停止し、〈野口、野口……〉とその名を反芻しながら、意味がつかめなかった。

新右翼――に入ったのは、元はといえば野口らが起こした経済団体の占拠事件にいたく感激したことを起点とする。中学で既成右翼の友人の活動を手伝ったものの、その体制肯定、反共だけ、に嫌気がさし新左翼セクトに入ってすぐの高校生の最後の頃、この世に反体制、民族の誇りを訴え財界政界の腐敗を改撃し、清廉な思想右翼があると知り衝撃を受けた。セクトで中級幹部にはなったものの、その思考の狭さに反発し新しい世界を模索していた時、まっ先に思い出したのは野口らの姿だった。

それから野口らの勢力に参加して頭角を現わす。最も過激な組織を幾つか率いてゲリラやテロを繰り返し、獄中の野口の系譜を我々が継ぐと宣言し、野口の妻を通じて獄中から賛嘆の声を聞いた。

しかしその野口が出る寸前、かつて野口が十二年かけて〈卒業〉した国立の大変なT刑務所という〈大学〉に、律儀にもまったく同じ場所と刑期で下獄することになる。田村に妻はいなかったので、母親がパイプ役を務めた。野口と会い、ともに涙を流した。何度も議員の圧力で来庁して会おうとしては失敗した。何かあると相談にのり、母親を励ました。出所の時も出迎えてくれる筈だった。

その間にも野口は単なる一行動者から言論の場にうって出、TV、講演、映画づくり、著作、対談、雑誌——と、最終的には芸能人や文化人、政治家と協力や共斗して選挙にも出馬した。別に勝つつもりはなかったが、プロパガンダにはなった。その名は〈民族派の教祖〉として広く知られ、元大臣や首相経験者さえ媚を売って来た。

休み時間——が待てなかった。が、どういうわけか字がいつものように眼に入らぬ。同じ行を繰り返す。マスコミを代表する大新聞社に戦いを挑んでいることは知っていた。最初は政界の黒幕、闇将軍の邸宅に火をつけ、次は財界の総本山を占拠し、最後は新たな権力、第一権力となったマスコミの牙城に対し戦いを挑んでいることは知っていた。常に時代の最高権力との戦いだ。が、誰もがもうまさか名なり功なり遂げ、また自らの肉体を犠牲にして戦い抜くとは思ってもいなかった。田村、もだった。穏健な顔でニコニコ笑いながらあと少しすれば、門の前に出迎えてくれるものだとばかり思って、そのときどんな話をしようかとさえさんざん夢想していた。

「作業やめーっ」

慌てて新聞を机の上に拡げる。一面、社会面三面全部、が野口で埋まっていた。

写真――血の跡も生々しい社長室、新聞社正門を守る機動隊、遺著を持って駆けつけた議員、自宅、記者会見をする広報局長達、そして見知った顔が呆然と野口の入った柩を車に運び入れている――は眼に焼き付いた。しかし文字が頭に入らぬ。いつもは十五分で大体読めるのに、手が顫え血が引いて数行しか読めないうちに休憩時間は終わった。

悲しみ、涙、が湧いてこない。考えられない。身が縛られたように動かない。じいん、と頭と躰が麻痺している。作業も出来ない。

「……なんで……」

ただやっと口にした。

顔から血が引くのが判った。心臓が激しくドキドキと波うち、視点が定まらない。息が詰まって苦しくなった。房の景色がぐらっと揺れた。高い窓、天井、白いコンクリートの壁、二枚の畳、便所と流し、蒲団、わずかな本やノート、タオル、薬缶、鉄扉――がぐらりと揺れ、躰がよろけた。

「おい、どうした。仕事しろ」

職員が鉄扉の上の監視孔から覗いて言った。

しかし物が手につき、考えられるまで一時間はかかった。その後も麦飯とおかずの味はまったく判らなかった。

やっと悲しさが判り、新聞を読めるようになったのは作業後の夕方だった。特攻隊結成と学徒出陣の日から丁度五十年目を選んだという。同じ日に別の会場では民族派のパネルディスカッションが開かれ、そこでそのマスコミ代表と民族派が討論する筈だった。その舞台をしつらえて、身辺整理をして、〈この世に未練は山程あるが先に逝きます〉と父親に遺言を書いて、辞世の句を残して、同じ日に発売されるぶ厚い遺著を残して、親しい知人友人にその日届くようにその本を贈って、万全の死のようだった。銃刀法で公安は家宅捜索をするという。しかしどの新聞も呼び捨てにはしていなかった。警察は司法解剖すると言い、仲間や議員がそれに抗議し、又は仲間が新聞社に押しかけ騒然としたという。

回覧の一般新聞は思ったより扱いが小さく、かって財界の総本山を占拠した時のような紙面の全面扱いと違って、社会面で扱うにとどまった。翌日通夜、告別式、次の日は葬式があるという。

〈神よ……〉と田村は膝を叩いた。〈なんという生か。まるで死ぬために生きてきたようなもんじゃないか。この名声は、地位は何のために……遂に会えなかった、もうすぐなのに……あんまりだ。あんまりじゃないか！　かつて僕に死ぬなと教えたじゃないか。刮目して会おうと誓ったじゃないか。なんで待っていてくれなかったのか。通夜にも葬式にも行けず、こんな心でじっとこれでも紙貼りをしていなければならないのか……あんまりだ！〉

夜、夢に野口が現われた。

「いよお田村君」

ひょうひょうと作務衣を着てニコニコしながら「まあ、まあ、そこに飲みに入ろうや」と飲み屋に誘った。

田村は悪酔いする。からんだ。

「あんまりじゃないですか。人に死ぬなと言っといて、待たないで死ぬなんて」

「まあ、そう言うなよ。だからこうして会いに来てやったじゃねえか。この忙しいときによ。昨日の今日だぜ。まだ片づけなくちゃならねえことが一杯あるのによお、まっ先に来てやったんだ、ここT刑は俺の原点だったしよお。なつかしいなあ。十二年か。まあ、今夜はここのことでも話そうぜ」

そして二人は、いつしか古い職員や囚人をダシにして笑いに笑った。「なんだ同じ十舎にもいたのかよ」「そういえば医務職員のあいつはよお」「野口さんの頃の係長が教育課長になってきましてねえ」「あそこにゃ徳球も朴烈も大杉栄も甘粕も荒畑も志賀も入ってたんだぜ」「いやあ、そりゃ読みましたよ。獄中記なんかねえ。大杉のが傑作でしたねえ」「そうそう、食い物がまずいとか号令が判んねえとか作業中に居眠りしたとかなあ。俺達もどっこいだったからなあ」

「古い囚から聞きましたよ。饅頭隠してパクられたとか、病舎から帰るとき躰にトローチ巻きつけてきて配ったとか、夜朗々と詩吟唸ったとか」「とんでもねえことといいやがんな、まったく。昔はよかったよなあ、自由で、情操教育があったろ。今は山県有朋の応報主義でさ。管理管理で眼が合っただけでパクリやがる。話になんねえよな。もう今の厶所には入りたくねえよ。第一、五十過ぎのおっさんが新入りですもねえだろよ」「いや、いますよ。もっと齢くったのも。だから何もいくらなんでも死ぬなんて……」

現実には飲めもしない田村が、そう言って土間に坐ってあぐらをかき、涙を流して酒ビンをドン、とテーブルの上に置いた。

「まあまあ」

と、野口はにやっと立ち上がって田村の肩を叩いた。

「本も贈った。読めば俺の気持ちも判るだろう。もう五十六十のじじいの出る幕じゃねえよ。十二年務めたって、まだ田村君、三十代前半だろ。君らの時代だ。これからは乱世になるぞ。もう俺はこの先の日本を見たくねえよ。あとは任したぜ。じゃあな」

「……それにしても死ぬなんて……」

「はっはは、後は任せたぜ。日本を頼むぞ。こんなことでくよくよしてちゃ、維新なんてできるかよ。西郷南洲を見ろよ、じゃあ達者でな。お母さんによろしくな」

野口は霧の中に消えて行った。

翌朝、田村は悲しくて悲しくて、力が抜けて、起床で起き上がることが出来なかった。

三

全国の大学が燃えていた。神田カルチェラタン、東大、日大、新宿——全共闘の華は咲き誇っていた。

野口はT刑務所の病舎の個室でその新聞を見ていた。「はあっ——」

外は秋。近田係長がふと顔を出した。

「どうだ、野口、元気でやってるか」

「見て下さいよ——」と新聞を出す。「冗談じゃないですよ。日本はおしまいですよ。この全国の大学生が将来は日本を背負って立つんですよ。どうなるんですか。ああっ」

野口は頭を抱えた。「死にてえよ」

「なあに、日本は変わりゃせん。マスコミの言葉なんて信じるな。株が暴落してるか。失業者が溢れてるか。議会が混乱してるか。しとらん。一時の熱病さ」

「あと十年ですよ。生きて行って何になるのか。俺に何が出来るのか。数人で政界の大物の家に火をつけて、それだけでしょ。けど左の奴らは何万、何十万人でうねってやがる。勝てやしねえよ。死んだほうがマシだ」

「……三島由紀夫が死んだよ」

「……えっ」

「日本と天皇陛下万歳と言って切腹した。日本や天皇を守る側の人間もいる。心配するな」

呆然。死んだのか。所詮遊びだと甘く見てたが――躰がぶるん、と顫えて涙が出た。

「ところでな、おい。雑居の方へ移らんか。森が呼んでくれって言うんだよ」

「森、って、右翼のあいつ?」

「まあ、非公式にだがな」

「行きますよ。政治の話でもしなきゃ、気が滅入って仕方がねえ。仲々話の通じる奴はいませんからねえ」

野口は、私物や自物一式、薬缶やコップなどを持って雑居へ移った。ベッドが六つあり森と、重症の青年が一人いた。

「やあ野口さん。いらっしゃい」

「やあ、どうなんだろね。日本は」

病舎は、病人用の特別食が出る。当時は医務部長に頼めば、パン食や牛乳などは比較的楽に手に入った。分食、といって夕方まで一日かけて食べていいシステムはあるが、原則は朝昼夕で、むろん夜は食べられない。

「まったくひでえもんさ。お先まっ暗だ」

野口は私物を棚やベッドの脇に片付けて、蒲団に入った。

監獄では、政治の話が通じる相手がないのが一番辛い。帝政ロシアのように政治犯は特別扱いで刑事犯と別に待遇してくれればいいのだが、罪刑で一律に刑事犯の中に投げ込まれるので、話題といえば女、車、食事、人の悪口だけだ。

野口にとって森は貴重な話相手だったので、一日中長々と政治談議に花を咲かせた。

「三島が死ぬとはなあ……」

「死ぬことで逆に生きれたのさ、腐った世じゃ」

中では、出された食事は分食を除いてはすぐ食べなくては罰せられる。

が、病舎は夜八時消灯で、そう寝れるものではない。自然、空腹になる。野口と森は昼間こっそり隠しておいた特食のパンや牛乳を夜中、こっそりと食べた。むろん見つかれば罰せられる。だから蒲団の中でこっそりと音をたてずにやるのだ。

「夜は腹が減るもんなあ」

「しっ。静かにしろよ。静かにな」

もう一人の青年はよほど重症だったのか、氷砂糖が支給されていた。もう骨と皮で、死にかけていたからだろう。が、それでも食べられないと野口や森にくれるという。多少罪悪感を感じながらも、それじゃあ、ということで野口と森は夜中に貴重な甘味を舐め味わった。

「ちっ、野口さん、俺検査で移送だって。じゃあ元気で、又会いましょうや」

「ああ元気で会おう、日本のためにな」

と、森が八王子医療刑務所に移送になってすぐの事だった。

ある夜、その重症の青年が夜中に、凄まじい呻きとも叫びともつかぬ声をあげ始めた。それはあたかも体内に怪鳥が住んでいて眼を覚まし、外皮をつき破って外へ出ようともがいているようだった。

野口は、呆然と夜通し一人でその怪音と対峙した。

翌朝、青年は死んだ。

屍体は病舎横の木造屍体置き場に移され、のちに〈裏口出所〉と呼ばれる、棺に入って裏門から出る死の出所をした。

じっと窓からそれを見つつ野口は合掌し、氷砂糖の甘い味を反芻しながら『参ったなあ、いやな物をもらっちゃったよ。森はうまく知らねえですんだけど、俺はあと味悪いぜ……』と後悔しつつ、人の死の哀れを切実に噛みしめた。三島のような赫々たる死もあれば、このように人知れず地の底の底で闇の中に消えて行く生もある。

「同じ死ぬなら……輝いて死ななくちゃな。ふう。こんな所で死んじゃいけねえよ。……あと十年か。ふう。生きなきゃな」

野口はそう、残刑を呟いて嘆息した。

四

「くそ、いっそ死んでやろうか！」

田村は思った。

昭和天皇崩御のニュースがラジオから流れた時、全囚人は狂ったように叫び、喚き、踊り、転げ回った。出れる——誰もが思った。

が、翌日の新聞に肝心の「減刑令」の文字はなかった。大赦令や復権令、特別恩赦令などの文字だけ。これでは選挙違反や汚職議員、交通違犯のみで一般懲役囚は対象にならない。はっきりと決まるまでは囚人達も職員も、態度を決めかねた。最初は誰もが減刑令もあると思い、監獄中に笑みが溢れ、移送は一時ストップし、法律辞典や辞書を皆が拡げて、喜々としてその話題ばかりが噴出した。——が、段々状況は悪くなってくる。法相は可能性を否定した。

週刊誌も否定の論調に変わって行った。天皇恩赦の時代じゃない、前の減刑令が出た講話条約恩赦の時は一万数千人が出て一年で三分の一が戻って来た、政治的取引……結局、発表の日、新聞は大きく『減刑令なし』と非情な一覧表を報じた。

何人かが首をくくった。

あと十年——田村は焦った。ベルリンの壁、天安門、マルタ、日米問題と世界は激動している。あと十年も閉じ込められていたら浦島太郎だ、たまらない。

死のうか——何百回も思った。が、そのうち即位恩赦の話が出て来た。まず無駄、とは判っているが賭けてみよう、田村は決心した。請願法、国会法などを駆使して田村は恩赦に関係のある各省庁や代議士に恩赦誓願の紙つぶての嵐を吹き送り出した。罫紙にして一通何十枚、を一日カーボンを使ったりして十通も作る。書きまくる。今度これで恩赦がなければ天皇の権威はお終いだ、そんな危機感で狂気の書きまくりをし始めた。

宮内庁、法務省、内閣法制局、首相、法相、官房長官、果ては代議士の法務委員から法務族、タカ派議員にまで出し続ける。が、ウンともスンとも反響がない。一囚人の請願陳情を、省庁幹部や代議士が聞く訳もない。

「そうだ——」と田村は思った「野口がいる。同じ右翼で唯一あの人なら代議士や大臣に知人がいる。外国のゲリラに人質になった青年を取り返したり、あの人なら奇跡を起こせるかもしれない」が、囚人は肉親にしか手紙が書けない。請願法も請願先は官庁のみ、国会法でも衆議院にしか書けず、一般民間人、ましてや右翼などに手紙が書けよう筈はない。

田村は一計を案じた。数だ数、役人殺すにゃ刃物ではなく数、超過ノルマしかない。数百と請願申請を続けていけば、そのうち住所と宛先をいちいち国会便覧などで調べたりしなくなる。文章はそれとなく代議士に宛てた風を装いつつ天皇恩赦の必要性の大義を説こう、それなら判るだろう。

同じような文章を毎日毎日山のように書きまくる。係長と区長が分担して夜通し読む。その繰り返し。果たしていちいち住所など調べなくなった。ある日十数通も申請し、その中にこっそりと、野口の事務所の住所に、宛先は適当な〈天皇即位奉祝議員連盟〉などと書いた物をまぎれ込ませて出した。じっ、と翌日反応を待つ。クレーム、なし。通った。所長は気付かず判を押し、発送された。

数日後、野口から田村の母親へ電話が掛かった。

「お母さん。いや、彼も凄い冒険やるというか、こりゃ前代未聞のことで、中から長々と即位恩赦を訴える文章がきたんですけどね。……これは無理ですよ。僕でもね。ちょっと大臣とも話したんだけど、大喪でなかったのに即位じゃ絶対無理だって、もう決まってるって言いますし、僕の経験から言ってもこりゃ無理ですよ」

「えっ、そんな手紙が行ったんですか。よく出せたわねえ……」

「まったく、よく出せたもんで。まあ……返事は書く訳にもいかないし、お母さんが書いてもまずい。僕が知ってる雑誌にエッセーを書きます。それを入れてやって下さい」

数週間して、田村のもとにその雑誌が届いた。〈獄中のT君へ——〉とあった。

〈……私も十二年耐えた。だからその辛さ苦しさは最も良く知っている。しかしこればかりは無理だ。山登りを一緒にして、苦しいと相手が言えば荷物も持ってあげられる。しかし山と山の間の丸木橋を一人で渡っている人には、どんなことをしてあげることも出来ないんだ。即位恩赦はもうあきらめてくれ。私も色々聞いて訴えたがこれはもう絶対に無い。そのエネルギーで学んでくれ。まだ先は長い。苦しいだろう。私だって十二年そこで苦しくて何度も死のうと思った。が、そのつど朝の来ない夜はないんだ、と思って、死ぬ時に死ねない奴は卑怯だが死ぬべき時でもないのに死ぬ奴はもっと卑怯だと思って死ななかった。あとは自分一人の力で必死に丸木橋を渡ってくれ。待っている。その時は刮目して会わんことを——〉

教育課長が検閲で気付いた。近田教育課長が来た。

「おい、田村、やめろよ。野口も言ってるじゃないか。あいつだって参ってたさ。しかし今は活躍してる。そのエネルギーで学べよ」

「あと十年か。ふぅ……」

田村は請願をやめた。むろん死ぬのも。

五

「……くそ、半分まで来たのに。俺も駄目かな」

あと六年。野口は腸に激しい痛みを覚え医務にさんざん通ったが、T刑ではバリウムや胃カメラで胃の検査は出来ても腸の方の検査までは出来ないとのことで、病因が判らず困り参っていた。

仕方なく、八王子医療刑務所の北舎、に検査のために移送ということになった。

本やノートなどの領置品の検査確認をして、一見病院のような八王子刑へと旅行し、忍び入る。

体重、胸囲、脈、身長、や簡単な医者の診察を済ませてベッドが幾つか並んだ雑居の鉄扉が開く。

一人の男が医務の看護助手を相手に怒鳴っていた。

「そんなもん書かんわ、バカヤロー！」

なんでもヤクザの抗争で相手を射殺して入ったのはいいが、中でも警備隊相手に大立ち回りを演じて肩の骨を折ってしまったという。

関西の長期の刑務所で手術をしたが失敗した。それで八王子に来たのだが、手術をするにはその前に〈失敗しても不服は言わない〉の一筆を書かされるのだ。本にしても新聞、パンフにしても〈万一切り取りや抹消されても不服は言わない〉と一筆書かねば読ませてもらえないし、手紙、物品、入院、治療、投薬、など生活のすべてにわたってこういう責任逃がれの証文を書かされる。

冗談じゃない——とそれを拒否しているのだ。所の側としても一回手術に失敗しているし、第一負傷させたのも当局だし、証文がないと手術も出来ず、正直扱いかねて困り果てていた。

「やあ、野口さんですか。常々お噂はお聞きしてましたわ。いらっしゃい」

職員と見ると罵倒しまくる男が、野口には愛想よく上半身を起こしてそう言った。大体反抗囚で手に負えない者程、逆に囚人間での連帯意識を強く持っている。

野口と男は、獄窓から雪景色や八王子の夜のネオンを、高台の教会のクルスや立川へ飛ぶ米軍飛行機のシルエットを見ながら、長い獄中のことや社会、人生、人間の運命や敗戦のことなどを語りあった。

「何であんなことをしたかって？……ふふ、俺は小学生の時、転校ばかりして勉強は全然出来ないし、まあ、のちにあんたみたいにグレるんだけどね、一つ忘れられないことがあるんだ。

ある戦争のニュース映画を観たんだ。特攻隊の華々しい活躍を撮った奴でね。それを作文にして出したんだ。そうしたらそれがどういう訳か一位に入賞してね。小学校の先輩の海軍士官の人が空からの母校訪問ってんで練習機で学校の上を舞ったんだよ。伝信用のパラシュートが落ちてね。伝信筒の中に俺の作文を読んだ感想が書いてあったんだ。『野口君、大空で待っている』って手紙がね。校長が全校生徒の前で読んだんだ。その人は、あとで特攻隊に行ったよ。それで戦争が終わると街にパンパンが溢れて国の指導者達は吊される、教科書は塗りつぶされて教師は特攻隊を犬死にって罵倒した。特攻隊万歳って叫んだ大新聞が戦争反対、あれは侵略戦争で特攻隊は犬死にだって書きたてる——俺は待った。ただひたすらこの日本が眼を覚ますのを待った。ところが右翼は、本来国を愛さねばならない右翼は体制の番犬に落ちた。左翼だけが騒いだ。しかし世の中変わりゃしない。政治は、権力の頂点の政治家は金にどっぷり漬かって祖国の志操を売っている……男は、やる時にはやらなくちゃいけないよな。的はずれな時にやっても恥を晒すだけだが、やる時には一発やらなくちゃなあ」

「……うぅん、眼からウロコが落ちた。感情に流されてつまらん反抗するのは馬鹿や」

翌日、男は医者へいきなり言った。

「おい、一筆入れる。失敗してもかまへん。遠慮せんと存分にやってくれや！」

野口は、ははは と笑った。

検査の結果は単なる腸カタル。癌や潰瘍でもなく、生命にまったく別状ないとのこと。

「又死にぞこなったな……」と野口はT刑に戻る遠い映画のような現実感のない街並みを見て車に揺られつつ呟いた。

「もらった命なら、又やるべき時に使わせてもらうだけだ。やる時はやる、死ぬ時は死ぬ……それだけだ」

## 六

「病名……好訴狂……何だこれは？」

「何だもこれもあるか。人が願箋書いたり情願や請願したり特発や幹部面接繰り返してるだけで、合法行為なのに勝手に変な病名つけてここに送ったんじゃないですか。いや……面白そうだから送ってくれと頼んだのもあるんですがね」

八王子医療刑務所南舎、こちらは精神病棟。丁度半分の刑六年を務めた田村は所内での反抗ぶりが尋常でないのと、本人の希望もあって八王子に移送された。かつて野口もいたことがあると聞いていたし、行って帰った者の話を聞くと天国だと言うので、無理に医務部長に頼んで来たのはいいのだが、肉体病患者専門の北舎病棟と精神病患者専門の南舎がまったく別個に独立して運営されているのを知らなかった。天国の北舎でなく地獄の南舎に来てしまったのだ。

不気味な独居に案内される。やたら糞尿の臭いに満ちている。薬缶も楊枝も、洗剤も食器も何もないし、パンフも薬も入らない。

「なんか話が違うな……」

突然左の房が叫んだ。「UFOが降りて来た。宇宙人がいる！」

「えっ、なんだなんだ」と思ったが、職員はその大騒ぎにニヤニヤして笑っていう。

「よう、宇宙人と仲良くやれよ」

ムードが違う。一般刑務所ならすぐ隔離だ。ところが放っておく。狂ってる。――そう、周りがみんな本物の狂人とそのうち判った。

食事の配当で窓を開けると、便の凄まじい臭いがする。向かいの何人かが垂れ流しなのだ。とても食べられない。

夜、になると、朝ずっと寝てた右の房が十分おきに報知器を押して喚く。「眠れないよお。助けて！」斜め向かいは一晩中演説をし始める。一般刑務所なら大変だ。当然田村はすぐ職員を呼んで抗議をする。「やめさせてくれ！」

職員は笑う。「まあ、しょうがねえんだよ。病人だからさ」と、大声で演説の相手をし始める。離れた房では、何人かが鉄扉を蹴り始める――とても眠れない。

古代中国やゲシュタポの拷問の一つに、眠らせない刑というのがあったが――昼はＵＦＯ、夜は演説や叫び、暴れ、食事の時は便の臭い――では、とても普通の人間は生存出来ない。田村は係長や区長、分類課長や医者に必死の面接を求めた。冗談じゃない。一刻も早く帰らなくては本当に狂ってしまう。

やっとのことで係長、区長、分類とも会ったが、ここでは医者の判断が絶対だという。医者が許可しないと元の施設へ帰れないと皆口をそろえる。

その医者の診察が仲々来ない。三人で二百人以上を扱っているので一ヶ月に一～二回しか会えないという。

待った――ひたすら待った。そして考えた。ここは狂人の巣だ。私はマトモですと叫んだら永久に帰れないな――どうしようか。言葉で背後から攻めなくちゃいけない。希望して来たなどと言っても信じる訳がない。一定認めてそれらしく薬の確認だけですと言って……それで駄目なら死のう。とてもじゃないけど死んだ方がマシだ。

「診察だ、診察だよ」

看護助手が札をかけて、呼び出しに来た。

初老の精神科医がデスクの前で引き継ぎの書類を読んで首をかしげている。

# 七

まだ一日が夢のようだ。

昨日の新聞――野口の死、あれ以来感覚がマヒしてしまっている。悲しい。というよりもまだ周りの空気がじっと重い。悲しみを感じられるのはまだ先のことだ、と思った。

「面接だ、面接」

警備隊員が呼びにきた。

「え？　誰だろう」

独居を出て中央の担当台を曲がって舎の面接室に着くと、警備隊が「礼！」と言う。

顔を上げると近田教育課長だった。

「なんですか。今、教育とトラブルないでしょう……」

「野口が死んだな」

「……それで参ってますよ」

「あいつだって、中で何人もの人間の死と対決しとった。その度にがっくりきてたさ。中で親しい人に死なれる程辛いことはない。通夜にも葬式にも行けず、服喪も、叫ぶことも出来ず何事もなかったかのように仕事しなきゃならん。十二年だ、長いよ。人だって死ぬさ。野口もその度に何週間も半病人のように参ってた」

「ああ、そうですか。ふう、しかし何も死ぬことはないと……なんでしかし……自分で死ぬなんて……」

「お前だって、獄死を考えた事があるだろう。わしも何人も見て来た。十二年。生き長らえたら拾った命と思わなくちゃいかん。お前もそう思った事はある筈だ。いいか田村、こんな因果な商売をやってるとな、人の死が間近だ。死刑執行にも立ちあったこともある。ほとんどの長期囚が被害者の死を抱えとる。何十年もいて近親者の死で教誨をやらせてやると涙を流して拝んどる……なあ、特別に教誨をやらせてやるよ。線香の一本も立てりゃ気分も随分違うだろう。本当は親の時だけだがな、特別だ」

「それは……助かります。それは本当に助かる。拝ませて下さい……お願いします」

「よし。だから元気を出せ。……世界は乱れ動いてる。中にいると外の者の死にさえ何もしてやれぬもどかしさは苦しいだろうが……逆に中でじっと外の混乱、絶望、流れる世界をじっと見詰める事だ。そして、野口の意志を継いでやれ。あとはお前らの世代の仕事だぞ、この日本を救うのは」

☆

数日後、田村は赤絨毯の教誨室にいた。集会教誨を終えた神道の教誨師だったが、

「神道でも仏壇に線香あげてもいいんですか……」

と訊くと、

「もち論構いません。亡くなった方を弔う心があれば様式は何でもいいのです」

と言うので、巨大な仏壇に向かって、長い線香を一本立てて、火を点けた。

じっと、合掌して拝んだ。

あの、重い空気がその瞬間、煙とともに舞い上がって、格子から外へ流れ出、やっと田村は心の中に悲しみの感情を持てるようになった。

夜、やっと涙を落とせた。

八

田村の母親は、なんとはなしにテレビを見ていた。

ニュースが緊急に流れた。

よく見知って励ましてくれた野口が、自分で躰に拳銃の弾を射ち重体、と出た。思わずおどろいて箸を落とした。その時、丁度小包が届けられた。呆然として開けてみる。野口の遺著だった。わざわざ死ぬ日を決め、その日を発売日にした文字通りの遺著で、今までの理論や発言のすべてが収められていた。一ページめに達筆で母と子あての辞世の句と、名前と印があった。

丁度、野口と経済団体に突入したメンバーの一人と、全然別の件で会うことになっていた。マスコミの取材が大変だろうとは思いながらも、待ち合わせ場所に出かけた。

駅、の電気が一瞬消えた。悪い予感がした。

その男性は髭を蓄え作務衣の世俗離れした姿で、喫茶店で待っていた。

「大変な事になってしまって……」

「先程死にました……マスコミからもう二十件も電話が入っちゃって。ううん。一ヶ月前程の出版記念に来たのに。全然知らなかったし判らなかった。びっくりしました」

と、茫然としてそう言って瞑目した。

☆

葬儀の日——田村の母親は見知った顔と挨拶して、「この度は……」などと言い合うしかなかった。

会場でも、

「やっぱりサムライだった」

「しかし勿体ない。あんなに名声があって」

「武士の生きざまだった」

などと色々嘆息の声が流れていた。

神主が生前の生き様を朗々と祝詞にして読んだ。

大学教授が涙声で「なぜ一人で逝ってしまったのです……」と哀切に弔辞を読んだ。

議員や文化人、芸能人や任侠、左右翼などが頭を垂れて立っていた。

親族席ではもう八十を過ぎた野口の父親が拳にハンカチを握りしめ、娘は身重の身体で眼をまっ赤にしていた。

実際、やりきれなかった。いくら男の生き様とはいっても——悲痛な光景だった。

田村の母親は終りに、田村と一緒にゲリラをやって拘置所まで行った、武斗派なので野口にも可愛がられていた民族派の若手のリーダー格の近藤と歩をともにした。

「いやあ、夏頃、変な文を紙に書いてくれたんですよ。十二年T刑に入った時五・一五事件の師が死んだ時に作った句を和紙に書いて〈月光に一殺多生と云う祈り〉なんてね。そん時に何かと思ったけど、形見分けだったんですねえ」

端正な顔で、割と明るく言った。

「うちには本が届きました。やっぱり句がついて。あの日に」

「え！　来たんですか。あれは特に親しい人とか議員とかだけなのに……同じ獄中十二年だもんなあ、いいなあ」

「娘さんがいらしていたけど可愛想でねえ」

会場を後ろに振り向いて言った。

「ああ、十二年入る前は二歳位でよちよち歩きで、出た時は高校生だったとか……そういえば田村君ももうすぐじゃないですか。うちの娘も入る時は鼻水垂らしてたのがもう中学ですよ」

「早いですねえ」

「いや、長い、十二年待つのは、長いですよ」

会場が段々遠くなった。黒い喪服が四散して行く。

「今、自由になったんだなあ」

と、近藤は蒼い空を見上げた。

秋。

昔、死刑囚の執行は秋に行われた。秋——それは死と再生のイニシエーションだ。

「いや……実は夢を見たんです。野口さんが出てきましてね」

「まあ！　私も見たわ」

「えっ、本当ですか」

「ええ、昔死んだ姉と一緒に草履で昔の家に遊びに来て、……私、人の夢なんて見ないんだけど、姉が連れて来てくれたんでしょうね。三人で笑い合ったのよ。帰りにやはり草履を履いて帰るなんて言って。それが又妙に印象深く残ってるの」

「いやあ、僕はカウンターで飲んでると、戸口から、よお、なんていつもの顔で入ってきましてね。T刑出た頃はおでん屋やって、名もなく過激だったけど、晩年は丸くなって何言っても笑ってたけど、又そん時も変な刑務所の笑い話や恋の話して笑い合って、じゃあな、って帰っていったんですよ……」

「そう。みんなの夢の中に出てさよならの挨拶をして回ってるのね」

「あの人らしいや。自分の墓の前に〈戦い地蔵〉と〈恋地蔵〉なんて造っちゃって、俺が志操を全うして死んだらこの二つの地蔵が若者の祈願をかなえてくれる筈だ、なんて言っちゃって。……惜しいよなあ。あんな人がもういないなんて……」

「やっと、やっと長い拘束から本当に自由になって、空を翔んで泳いでいるのね……」

☆

その頃同じ蒼い空を――つながった一つの大きな空を、田村は見上げていた。

一日四十分、狭い三角形の四、五坪のコンクリートと金網で囲まれた運動場で歩き回ることが出来る。独居は一日中狭い三畳間で袋貼りを同じ姿勢でじっと続けていなければならない。小便や屈伸さえも許可がいる。薬を飲むのも水を飲むのも許可がいる。ただじっと禅のように一定の場所に同じ格好で坐って黙々と感情を殺し切った無機物となって作業を続けていなければならない。

そんな単調な独居生活者にとって、運動や、週二回の十五分の入浴や、たまにある診察などは貴重な〈歩ける〉人間になれる重大な宝石の時間なのだ。

じっ――と空を見る。今日は野口の葬式の日だ。皆、知っている人が集まっているだろうな、新聞にのるかな――などと思いつつ空を見た。

成田空港が近いのでやたら飛行機が行き来する。それを見ることさえもが眼の保養になる。小さな虫、汚ない毛虫さえもが〈動いてくれる〉貴重な親友とさえなる。動いている飛行機―

―それだけで充分に眼が喜んでくれる。

蒼い空はどこまでも蒼かった。高い暗い塀を超えて、空は無限に拡がっていた。狭い狭い人間界を超越した一つの巨大な生物のように、群青色の巨大な生き物は大きく偉大な呼吸をしていた。

「五分前、足洗い用意！」

警備隊が叫ぶ。

やれやれ、又これで狭く暗い房に帰って又一日四時過ぎまでじっと無機生物にならねばならないのか、と嘆息しつつ用意で靴下を脱いで待つ。青いスリッパの泥を払う。

金網のかなたには赤い煉瓦の舎房や塔。明治時代に造られた。一つ一つの色が微妙に違う。もう百年近くもこうして建っているのだ。その間に大杉栄や堺利彦、荒畑寒村、朴烈や徳球、志賀、甘粕大尉から野口など十何年、何十年と務めた人々までこうしてこの赤い監房は容赦なく何度も何度も囚人を吸い込み吐き出し又は苦痛と辛酸の再生産を永遠に繰り返しつつ、その赤い泪で煉瓦を紅に染めて、こうして赤く赤くそびえ立っているのだ――むろん、この自分もその一人として。

晩秋の獄は悲しい。年老いた獄舎がよけいに泣いている。ましてその時に死んだ野口のいた監房を見ると――胸がさすがにしめつけられた。

「考えてみりゃあ……僕が四歳のよちよち歩きをしてた頃から十六歳でもう高校生になって偉そうに政治活動に足突っ込んでた時まで、ずっとここにあの人は入ってたんだなあ……そしてその同じ事を僕も今してるんだ——」

ふと、蒼き空を見た。

「運動終わり、はい、用意しろ！」

次々と金網のドアが開いていく。検身。行進。手を九十度上げ足を上げて人が行く。

「こらもっと手をしゃんと伸ばせ！」

「足を上げろ、バカ、しゃんとしろ！」

怒鳴り。

「ふう……野口さん、あなたは幸せだ……」

そう田村が空を仰いだ瞬間、蒼は深い群青になった。その群青の大洋の中で遠く小さく、飛行機よりも遥かに小さく悠々と泳いでる野口の姿が見えた。何に向かっているのか？　アポロンのように太陽にか？　違う。——野口は深い群青の中を、ただひたすら拡がる自由な群青の中へと、高く高く泳いでいた。

九十四年千葉刑務所にて書く。

了

解説

# なぜ「見沢知廉」なのか

高木尋士

二〇一一年、見沢知廉の七回忌を迎える。二〇〇五年九月七日の死から、六年が経った。以前、鈴木邦男氏は、「見沢知廉は生きている」と言い切ったことがある。そして、「死後に成長する作家だ」と。その通りだ。その通りになっている。「見沢知廉」という評価がその死後、政治的価値から文学的価値に変化してきていることは、多くの人が感じていることだろう。

実際、この七回忌の年に、本書も出版にこぎつけた。大浦信行監督の映画『天皇ごっこ―見沢知廉・たった一人の革命』は、今秋、ロードショー公開される。作家山平重樹氏は、「どうしてこんなに面白い人生を書く奴がいないんだ。誰も書かないのなら、ぼくが見沢知廉を書く！」とぼくに言った。そして、現在、ドキュメントを連載している。ぼくは、三回忌の年から毎年、見沢知廉の小説を舞台化してきた。今年も上演する。『蒼白の馬上』だ。

多くの人が、今も「見沢知廉」を解釈しようと自らの表現に立ち向かっている。大浦信行監督は、撮影に三年もの歳月をかけ、山平重樹氏は、膨大な周辺取材を敢行した。ぼくは、遺された見沢知廉の片言隻句を一文字も漏らさないように読み込んできた。だが、なぜ、「見沢知廉」なのか。以前、ぼくが代表を務める「劇団再生」の劇団員市川未来がぼくに聞いたことがあった。

「高木さんは、なぜ見沢知廉をやるんですか?」と。

ぼくは、その時、その問いにうまく答えることができなかった。もちろん、湧き上がってくる衝動が一つの大きな理由になるだろうが、それだけでは説得力がない。その湧き上がってくる衝動がどこからくるのか、という問いだ。「見沢知廉が好きなんだ」ということではない。性格的には、むしろ嫌いなタイプに入るだろう。「見沢知廉の人生に興味があるんだ」ということでもない。もちろん稀有な人生だ。追体験しようとしてできる人生ではないが、だから演劇で表現したい、ということでもない。「見沢文学に傾倒している」ということでもない。上手い下手という文学上の技術的な点で言えば、もっと上手い魅力的な小説家はたくさんいる。見沢知廉には見沢知廉独特の観点と手法があるにせよ、だからそれをそのまま舞台にのせようとは思わない。

では、なぜ「見沢知廉」なのか。ぼくは、その問いに答えるために、毎年、答えのパーツを舞台の上に積み上げてきた。まだ答え終わったとは言えないが、その都度その時点におけるぼくの「答え」を舞台に重ねてきた。一つの解釈を、一つの答えを、答えるための「見沢知廉作品の舞台化」だった。言葉ではそれをうまく言えないから、舞台の上にそれを表現してきた。大浦信行監督は、「見沢知廉には、隙があるんです。文学にも人生にも。だから、残された我々に解釈の余地があるんです。その解釈の余地が映画にもなるし、演劇にも、ドキュメント小説にもなるんです」と語る。

◎

ぼくが、見沢知廉と出会ったのは、書店だった。書店に並んでいた一冊の本「天皇ごっこ」。見沢知廉のデヴュー作だ。その一冊から、ぼくと見沢知廉の関係は始まった。「天皇ごっこ」を読んだ感想をこまごまとここには記さない。「天皇ごっこ」というタイトルに惹かれた。内容のあまりに逆説的な手法にわくわくした。危険な予兆にどきどきした。出版に際しては、いくつも問題があっただろうことは、「天皇ごっこ」というタイトルから想像に難くない。以来、ぼくは、見沢知廉を追い続けてきた。次の本を心待ちにし、雑誌連載を楽しみにしてきた。

「見沢知廉飛び降り自殺」そのニュースを聞いた時、ありふれた言い方だが、心にぽっかりと大きな穴が開いた感じがした。その喪失感は、今でも肉体の痛みを伴うほどの感覚をぼくに与える。「ぽっかりと開いた大きな穴」。その穴を埋めるために、そして、何故「見沢知廉」なのかを自身に答えるために、三回忌から毎年、見沢知廉の作品を舞台化してきた。

舞台化するうえで、見沢知廉と関わりのあった方々を取材して回った。一番多く取材したのは、やはりご母堂だ。見沢知廉の幼少の頃の話に笑い、楽しそうにその成長を語るご母堂。事件の話、獄中にいる見沢知廉とご母堂のやり取りなど、話は尽きなかった。取材を進めるうちに、見沢知廉という言い方は、いつしか「見沢さん」という呼び方に変わり、ご母堂は、「見沢ママ」という呼び方になっていった。だから、ここでもこれ以降、「見沢さん」「見沢ママ」という言い方を許していただきたい。

◎

見沢さんが遺した荷物を整理してきた。巨大なコンテナ一杯と部屋二つ分の荷物。そこに遺されていたのは、大量の本・雑誌・切り抜き・原稿などだ。書籍は一冊ずつ確認しながらの作業だった。十二年服役した千葉刑務所の中で読んだ本、書き込みがあるもの、贈呈本、見沢さんが書いたものが掲載されている雑誌など、一万に及ぶ書籍を整理した。処分せざるを得ないものもたくさんあったが、整理の結果、遺された書籍は、千冊を超える。

その遺品整理の過程で、獄中で書かれた未発表の小説が、野ざらしのコンテナの中から発見された。日付は記されていないが、その最後に「千葉刑務所にて書く」とあるものが多い。獄中で、母と二人三脚で一文字ずつ書いてきた小説だ。刑務所での小説執筆は禁止されている。

看守・検閲の目を盗み、スパイのような方法をとりながら完成させた小説。月に一回しか許されていない手紙の文面に小説を混ぜて母に書き送り、母が虫眼鏡を使って一文字ずつ文字を拾い清書していった。清書したものは、ばらばらにして、パンフレットとして、雑誌の切り抜きや文芸誌の切り抜きに混ぜて、獄中の見沢さんに差し入れた。それをまた校正していく。そんな気が遠くなるような作業を繰り返しながら完成させた小説群。その模様は、大ヒット作となった「母と息子の囚人狂時代」に詳しい。

三島由紀夫賞候補になった『調律の帝国』の原稿も残されていた。編集者により「何度も書き直しをさせられた」と見沢さんを苦しめながらも、愛情を注ぎ尽した作品だ。段ボール一箱いっぱいの「調律の帝国」原稿。本当に何十回も書き直している。パソコンを使って入力されたものではない。B４版の四百字詰め原稿用紙に丁寧に手書きされた大量の「調律の帝国」。これだけ書き直しての小説だったのだ。受賞できなかったときのショックは酷かったに違いない。

以下、それぞれの作品について、解説させていただく。

『背徳の方程式―MとSの磁力』は、何度も書き直されている。タイトルがその都度少しずつ変えられ、ストーリーは同じでも、形容語・修飾語句・時間経過・構成などに手が入れられたものが遺されている。それらを読み、見沢さん本人が納得するかどうかはまた別として、本書に収録したものが、最終稿と判断した。

外務省キャリアの一家族が登場人物だ。サディズムとマゾヒズム、価値の変換、両極の同位性。見沢さんが興味を持っていた分野だ。

『人形──暗さの完成』は、偏執的な愛情を描いている。三次元から二次元へのスライドと狂気。これもまた見沢さんらしい作品と言える。

『七十八年の神話』は、出所後に出版された『天皇ごっこ』第三章の原点と言える作品だ。一九七八年三月二十六日の成田空港開港阻止決戦、所謂三里塚闘争をユーモラスに描いている。見沢さんもその闘争に参加して、生涯その感動を忘れなかった。生き生きと描写される新左翼の面々。見沢さん自身を彷彿とさせる会話と思想。この作品がまさに見沢さんの原点だと言えるだろう。

『獄中十二年』は、見沢さんが収監されていた千葉刑務所に、同じように十二年収監されていた野村秋介と自分を重ね合わせた作品だ。野村秋介の服役中に三島由紀夫は自決し、見沢さんの服役中に野村秋介が自決した。時系列に並べると以下のようになる。

一九六三年　野村秋介、河野一郎邸焼き討ち事件。千葉刑務所に十二年収監。
一九七〇年　三島由紀夫、自決。

一九七五年　野村秋介、出所。
一九七七年　野村秋介、経団連会館襲撃事件。懲役六年。
一九七八年　見沢知廉、成田闘争に参加。
一九八二年　見沢知廉、スパイ粛清事件。千葉刑務所に十二年収監。
一九九三年　野村秋介、自決。
一九九四年　見沢知廉、出所。
二〇〇五年　見沢知廉、投身自殺。

見沢さんと野村秋介は、このようにすれ違いながら、生涯一度もあったことはない。見沢さんは野村秋介の死を獄中で知り、「…遂に会えなかった、もうすぐなのに…あんまりだ。あんまりじゃないか！　かつて僕に死ぬなと教えたじゃないか。括目して会おうと誓ったじゃないか。なんで待っていてくれなかったのか。（中略）…あんまりだ！」（『獄中十二年』より）と叫ぶ。これは、血の叫びだ。心からの叫びだ。同じ懲役十二年、同じ千葉刑務所。尊敬する野村秋介と同じだと不思議な縁を感じてもいただろう。実際、見沢さんは、母をパイプ役に野村秋介と連絡をとり、出所後の出会いを楽しみにしていた。野村秋介の墓前で手を合わせる見沢さんの写真が遺されている。その顔は、どこか寂しげだ。

血の叫び、「かつて僕に死ぬなと教えたじゃないか。括目して会おうと誓ったじゃないか」というのは、野村秋介が、獄中の見沢さんに向けた巨大な叱咤だ。野村秋介の著書『友よ荒野を走れ』に収録されている『獄中のS君への書翰——いま君に「渾身の悩み」はあるか』という一文だ。（Sというのは、見沢さんが活動家時代に使用していた活動名「清水浩司」からきている）見沢さんが、「恩赦がない。恩赦が行われるように運動しろ！　恩赦がなければ俺は死ぬ！」と母に何度も書き送るのを野村秋介が見て、まだ見ぬ見沢さんに向けて「新雑誌X」に書いたのだ。死後、見沢さんの本棚から出てきた野村秋介「友よ荒野を走れ」。その中の『獄中のS君への書翰』には、赤ペンでびっしりと傍線がひかれ、書き込みがされ、何度も何度も読み返した跡がある。野村さんの言葉を生涯胸に刻んでいたのだろう。例えば、こんな言葉だ。

「死ぬべき秋《とき》に死ねない奴も卑怯だが、死ぬべき秋でないのに死ぬ奴はもっと卑怯だと私は思っている。」そして、見沢さんに吉川英治の「宮元武蔵」を読むように薦め、

「君は『信念を貫けば十字架が待っている』という言葉を知っていますか。先覚者の道とは、維新者の道とは、もともとがそういう嶮しい道なのです」そして、「蟲と寝て　恨みも悔ひも無き天地」という一句を添えて、「君を、刮目して相見える日の、一日も早からんことを念じつつ——」と結ばれる。

その野村秋介は、「外は疲れる。僕が哲央（見沢知廉の本名）君の代わりに入りたいよ」と生前、

見沢ママに語った。その母と見沢さんへの辞世は、「母と子の絆で耐えるしぐれ獄」だった。

◎

獄から出ての見沢さんは、恐ろしく多忙だった。出所後、充分な休養もせずに、すぐに作家として活動を始める。翌年には、デビュー作が出版される。出所後の仕事を見てもその旺盛な執筆欲がわかる。

一九九五年（三六歳）『天皇ごっこ』（第三書館）
一九九六年（三七歳）『囚人狂時代』（ザ・マサダ）
一九九七年（三八歳）『獄の息子は発狂寸前』（ザ・マサダ）、『調律の帝国』（新潮社）
二〇〇〇年（四一歳）『日本を撃て』（メディアワークス）
二〇〇一年（四二歳）『テロならできるぜ　銭湯は怖いよの子供達』（同朋舎刊）、『蒼白の馬上』（青林堂刊）、『極悪シリーズ』（雷韻出版刊）

この間、十を超える雑誌に連載を持ち、講演をし、通院しながら執筆を続けている。
獄中では当然、番号で呼ばれていたが、出所し、晴れて「見沢知廉」という名前で活動したのだ。「見沢知廉」というペンネームは、書店で本が並ぶときに「三島由紀夫」の隣に並ぶようにと名付けられたという。部屋に三島由紀夫の写真を掲げていたほどのファンであり、活動の上でも尊敬する先人であり、文学でも大きく高い山だった三島由紀夫。その隣に並びたい、という気持ちはわかる。でも、普通なら「三島由紀夫」の後に並ぶようにするのではないか。「みしまゆきお」の後。例えば、「三須」とか「三瀬」とか、そんな名前をつけそうなものだが、見沢さんは違った。尊敬する「三島由紀夫」の前に並ぼうとしたのだ。「三島なんか簡単に越えてやる」という若き情熱なのか、見沢さん特有の茶目っ気なのか、実際、四冊の本が新潮文庫で三島由紀夫の前に並んだ。

そして、死後、ますます成長するように、『ライト・イズ・ライト』『七号病室』『愛情省』(作品社)が発売された。

◎

そんな、見沢さんの生涯を貫いたのは、「主観的な真実」だった。「主観的な真実」を信じこみ、信じ抜き、それゆえの行動に突き動かされた生涯だった。「たった一人の真実」をこれほど信じ込んだ人は稀ではないか。人は、生長するにつれ、「主観」に自ら疑義を感じ、それを社会や親、友人などとの関係の中で分析し「客観」的な「主観」を手に入れていく。それが成長だ。それが社会性というものだ。しかし、見沢さんは、その「客観」的な「主観」を自ら放棄していた。なぜだろう。それを、性質、というのはたやすい。教育ということもできる。親離れ子離れという論点に置き換えることもできるだろう。文学に隠れようもなく顕れているその「主観的真実」。それは、見沢さんの文体を統一的に飾る倒置性に顕れ、テーマを逆説的に扱うという手法に顕れ、価値の変換、無意識下のメタモルフォーゼというモチーフに顕れている。ここに収録した四編にもその独特の観点・手法はいかんなく発揮されている。

◎

獄中で書かれた小説。死後に遺された原稿。

保管状態は決していいとは言えなかった。ばらばらに積んであるうえに、湿気がコンテナに充満していた。散逸している原稿も多い。それでも、一枚一枚付き合わせてみると、たくさんの小説が姿を現した。今、ぼくの手元に十本以上の未発表小説原稿がある。

本書に選出した基準は、まず見沢さんらしさが発揮されていること。二点目に、これまでに発表された小説とは切り口の違う作品であること。そして、代表作「天皇ごっこ」へと通じる思想の原点的小説であること。元の原稿から読み取ることができずに、不明とした部分もあるが、それでも、発表する価値があると判断した四編だ。それぞれに味わいの違う作品を選んだ。

四編を読み直すと、見沢さんの多才ぶりにあらためて驚かされる。見沢さんは、これらの作品にもっともっと手を入れて、文章を磨きあげて、ピカピカの小説にしたかったのだろうと思う。その悔しさを思いながら、今年七回忌を迎える。

高木尋士（たかぎひろし）
劇作家。劇団再生代表。一九六七年、山口県生まれ。寺山修司に関係する人々より演劇を学ぶ。二〇〇七年、舞台化不可能と言われ続けてきた見沢知廉原作『天皇ごっこ』を舞台化。以後、毎年見沢知廉の作品を舞台化している。これまでに発表した脚本は三十本を超える。鈴木邦男氏との定期的な対談、舞台音楽の作曲、読書代行などの仕事をしながら、見沢知廉の資料を整理・展示している。年間の読書量は四百冊。二〇〇六年、「絵の中の『荒野』」（新日本文芸協会刊）が国際ブックフェア２００６に推薦。二〇〇七年、同作で新日本文芸協会戯曲賞を受賞。二〇〇九年『四元数の月』でコスモス文学新人賞受賞。FINANCIAL FORUM（京都総合経済研究所）でコラム「本とすごす」を連載中。
問い合わせ先・「高木ごっこ」http://www.takagigokko.com/

見沢知廉（みさわ　ちれん）
1959年、東京都文京区生まれ。高校在学中に共産主義者同盟戦旗派に加盟、1978年の三里塚闘争で成田空港占拠闘争に参加。中央大学法学部2部除籍中退。1980年より新右翼活動に入り、1982年、新右翼の一水会・統一戦線義勇軍書記長に就任。日本IBM、英国大使館等への火炎ゲリラ活動を行い、同年秋、スパイ粛清事件で逮捕。懲役12年の判決を受け、千葉刑務所などで1994年12月まで服役。1995年、獄中で執筆した『天皇ごっこ』を発表し、第25回新日本文学賞の佳作。1997年の『調律の帝国』で三島由紀夫賞候補に選ばれたが落選。2005年9月7日、横浜市戸塚区の自宅マンションから飛び降り、転落死。享年46。
著書：小説『天皇ごっこ』『調律の帝国』（新潮文庫）、『蒼白の馬上』（青林堂）、『愛情省』『ライト・イズ・ライト—Dreaming 80's』『七号病室』（作品者）／エッセイ・ノンフィクション『囚人狂時代』『母と息子の囚人狂時代』（新潮文庫）、『極悪シリーズ』（雷韻出版）、『テロならできるぜ　銭湯は怖いよの子供達』（同朋舎）、『日本を撃て』（メディアワークス）

**背徳の方程式——MとSの磁力**

第1刷発行　2011年8月1日

著　者●見沢知廉
発行者●中川右介
発行所●株式会社アルファベータ
107-0062　東京都港区南青山2-2-15-436
TEL03-5414-3570 FAX03-3402-2370
http://www.alphabeta-cj.co.jp/
装幀●根本眞一（クリエイティブ・コンセプト）
印刷製本●藤原印刷株式会社

ISBN 978-4-87198-651-9 C0093

アルファベータの文藝書

小谷野　敦

# 東海道五十一駅

私は五十一の駅を、何度も何度も通過した。
そして一つ一つの駅が、黙って私の苦しみ
を眺めていたのだ。　　　表題作他二編。

四六判・二四〇ページ・一八九〇円